森林梢
イラスト
Rosuuri
JN172920
見た目に反して
（僕だけに）甘えたがりの
幼なじみを、
僕は毎日論破
しなければならない。
6

この人は一体どこまで本気で言ってるの小学生の頃から一緒なのに考えがまったく読めないでもどうせバカなこと考えてるんだろうなこの考えの分からなさ頭がいいのバカなの今何を考えてるの？ね、私気づいてるの？

これは、その男子が友人に好意を抱いている証拠そのものよね？

友禅りり
RIRI YUUZEN
運動能力・学業成績・芸術分野
すべてにおいて
全国トップクラスの天才。
スイス人の母親と日本人の父親の間に生まれ、
小学生から日本で育っている。

判明情報からプロファイリ
すると彼女の友人は好意
何か別
混同して
な

返
彼女
判断を与える
与えるもので

最終的な結論ですが、
相手はご友人のことを何とも
思っていないので、通報
される前に諦めた方が賢明です

八神錬理
RENRI YAGAMI
私立明蹟学園現生徒会長。
「全ての行動は、論理的に説明
できなければならない。
また、説明を行う際、
感情を用いてはならない」という
ルールを自らに課している。

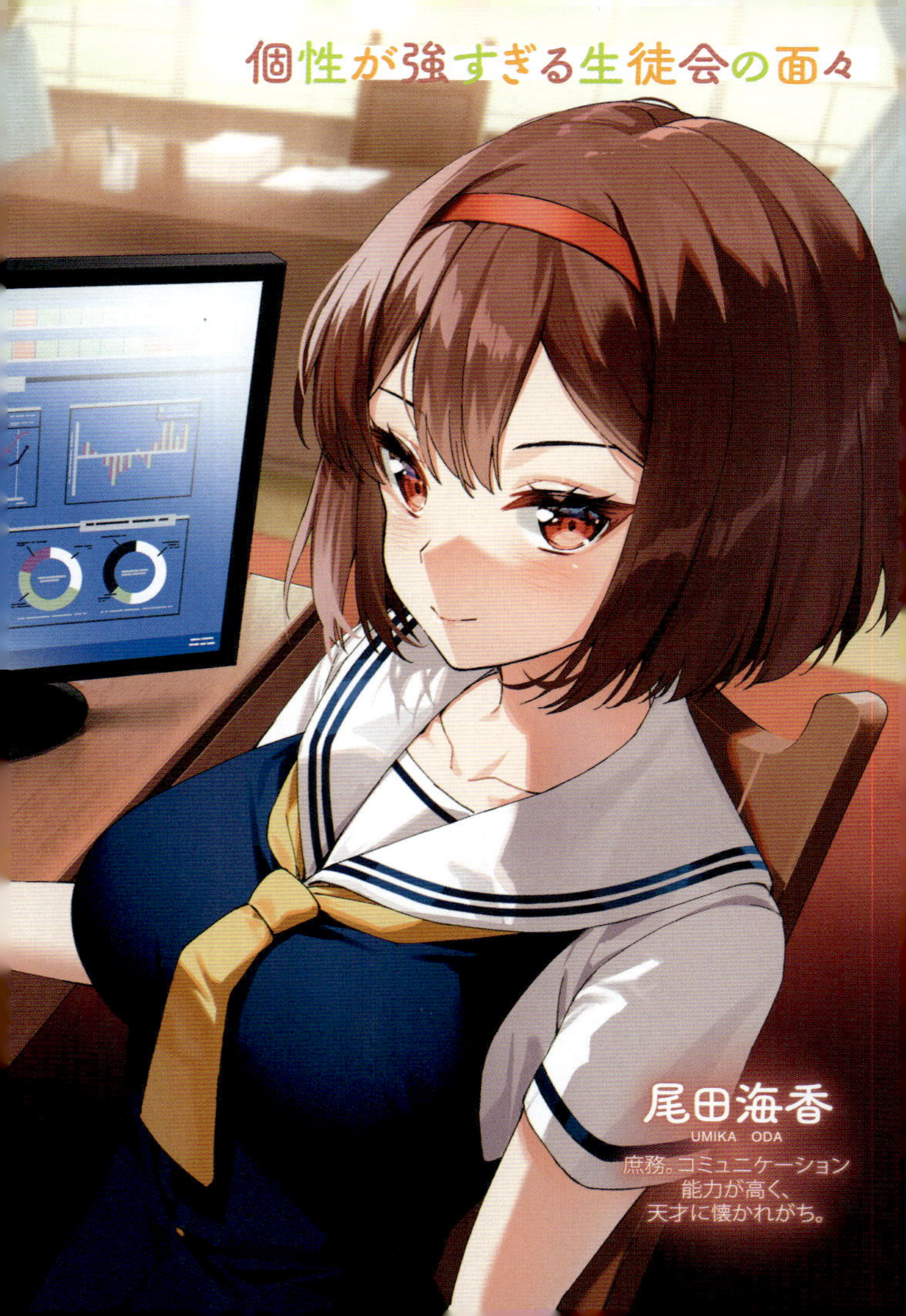
個性が強すぎる生徒会の面々
尾田海香
UMIKA　ODA
庶務。コミュニケーション
能力が高く、
天才に懐かれがち。

笹木錦
NISHIKI SASAKI
会計。生物学的には男性。
数学の天才で、会計としても
今すぐ社会で活躍できる
実力の持ち主。
堂本奈乃
NANO DOUMOTO
書記。生徒会への参加率は低く、
参加してもリモートが多い。
世界的ヒット作のゲームデザイナー。

「もしもし、八神です」

『も、もしもし』

『緊張してる？』

「……分かりますか？」

『何となく』

「目的が明確ではない電話をすること自体、初めてなんです」

『そうよね。貴方、
電話するの嫌いだから』
「嫌いではありません。
相手の都合を無視して、
意識に介入することを
避けたいんです」
『【他者に○○しない】
という宣言は、
【自分に○○するな】
という宣言と同義よ』
「……」

MORIBAYASHI KOZUE PRESENTS.
ILLUSTRATION BY ROSUURI

CONTENTS

見た目に反して（僕だけに）
甘えたがりの幼なじみを、
僕は毎日論破しなければならない。

森林 梢

MF文庫J

口絵・本文イラスト●Rosuuri

プロローグ　論理至上主義者の憂鬱

結局のところ、感情とは害悪だ。

大多数の人間は感情的に話し、感情で動く。

そして、ほとんどの人間が損害を被る。もしくは利益を逃す。

放課後に友達と遊んで勉強時間を削り、試験前に焦る学生。

公衆の面前で身を寄せ合い、その三日後には互いを憎しみ合うカップル。

仕事終わりに居酒屋でギャーギャー騒ぎ、翌日のパフォーマンスをセルフで低下させる教員。

皆、損害を被ると分かっていながら、最適な動きを取ることが出来ない。

何故《なぜ》か？　感情優先で行動するからだ。

世間一般には、自分を抑圧せず、自由に、感情の赴くまま生きることが是《ぜ》とされる。

だが、僕の意見は違う。

多くの人間は、感情に振り回され、感情の起伏で疲弊し、感情があるからこそ苦しむ。

自分にとって最大の敵は自分ではない。自分の感情だ。

だから僕は、あるルールを自らに課している。

全ての行動は、論理的に説明できなければならない。また、説明を行う際、感情を用いてはならない。

このルールを守るだけで、人生の満足度は飛躍的に向上する。

たとえば、学校で喉が渇いた時に、自動販売機を見つけて、財布を取り出したとする。

そこで、先のルールに従い、【目の前の自動販売機で飲料を購入しなければいけない理由】を考えてみる。

当然『飲みたいから』や『美味《お い》しいから』などの感情的な理由は却下だ。

『水分補給のため』であれば、水道水を飲めばいい。ミネラル等の栄養素は食事で摂取すれば十分。

こうやって突き詰めていくと、やがて【目の前の自動販売機で飲料を購入しなければいけない理由】が無くなる。無駄なコストを費やさずに済む。

今の発言を受けて『そんなことばかりしていたら、今しかない青春を楽しめない』と思った者もいるだろう。

そんな君に聞く。

一か月前に自動販売機で買った飲料の銘柄を思い出せるか？　いつ、どこで買った？　味は？　空《から》の容器はどうやって処分した？　大多数の人間は覚えていないはずだ。使った記憶は無いのに、所持金だけが減っている状態。だったら、使わない方が良いだろ。

『やらぬ後悔より、やる後悔』なんて大嘘《おおうそ》。いずれの後悔も、いつか忘れてしまうのだから、やらない方が得だ。

念のため言っておくが、僕は別に、ひたすら耐《た》え忍べと言いたい訳じゃない。『胃腸が弱いため、水道水を飲むと、腹を下す可能性が高い』などの理由さえあれば、飲料を購入してもいいのだ。

もう一つ、例を挙げよう。

特定の女子に対して、未《いま》だかつてないほどの熱烈な好意を抱いており、思いを伝えるべきか悩んでいる。相手は帰国子女の幼馴染《おさななじみ》で、文武両道の才女。加えて和装がよく似合う。

……と、仮定する。

この場合は、【好意を伝えなければいけない理由】を考える。

先ほどの例と同様に『周囲に威圧感を与えるほど美しい容姿も、不器用で伝わりづらい優しい性格も、全てが死ぬほど好きだから』や『思いを伝えなければ、将来、絶対に後悔するから。一生、彼女の虚像を追い続けてしまうから』などの理由は無しだ。

『悩んでいること自体が、時間と思考の無駄だから。そんなことをしている間に、誰かが彼女に告白して、付き合うことになったら、死んでも死にきれないから』は思考放棄する理由にはなっても、思いを伝えなければならない理由としては足りない。

『これほど誰かを好きになることは、今後の人生で二度とないと言い切れるから』は、相手の都合を無視した、極めて利己的な意見と言わざるを得ない。自分の好意なんか、相手にとってはノイズでしかない可能性もある。ゆえに理由として不適格。

といった具合に、一つずつ理由を潰していけば、やるべきことと、やるべきではないことが明確になる。誤った行動選択で、他者へ迷惑をかけることも回避できる。

もはや多くを語る必要はないだろう。これぞ完璧な思考法。たった一つの冴《さ》えたやり方。

このルールさえ心に留《とど》めておけば、失策を最小限に抑えられる。

逆説的に、これを守らなければ、感情任せの暴走的行動が頻発し、自分のみならず周囲の人間にも不利益を与えかねない。

それこそ、最低の行為だ。

改めて、世界に警告する。

感情とは害悪だ。

感情を信じるな。

感情先行で動くな。

以上。異論反論は受け付けよう。ただし、感情を排した意見に限る。

1　天才はロジックを聴かない

私立明晴《めいせき》学園高等学校。

開学以降、各界で活躍する卒業生を多数輩出してきた、日本有数の由緒ある名門校。その名は日本のみならず、世界にも広く知られている。

生徒の大半は、名家の子息や令嬢であり、真の品位と知力を兼ね備えた者のみが、踏み入ることを許される。

そんな明晴学園の現生徒会長こそが、八神錬理《やがみれんり》。僕だ。

完璧なルールに基づく理性的な学校運営で、毎年全国トップクラスだった退学者数をゼロにした名君。

同時に、学業成績などの各種実績は、例年以上をキープ。決して感情論に訴えることなく、明確な実績だけで生徒達から畏敬を集め続けている。（選挙ポスターの紹介文より抜粋）

おおむね事実だ。否定しない。

生徒会室のソファへ腰を下ろし、コーヒーカップに口を付ける。

今日やるべき、生徒会関連の作業は全て片づけた。カフェインによって脳を覚醒させた後は、下校時刻まで、各授業の予習を行う。スケジュール通りだな。

コーヒーカップをテーブルに置く。同時、視界の隅にある扉が開かれた。

扉を開けたのは、長い睫毛《まつげ》に縁取られた、瑠璃色の瞳が印象的な少女。見知った顔だ。

白銀の長髪を、〆記号のような形状の髪飾りで彩っている。母親がスイス人であり、その血が色濃く表れているそうだ。

きめ細かく白い肌。たおやかな手足。制服が和装だった頃、それらは分厚い布で覆い隠されていた。

しかし、それは過去の話。

会長に就任すると同時。僕は民意に従い、制服を一般的なブレザーとプリーツスカートに戻した。

だから、少女の、程よく肉が乗った腕も、タイツ越しの締まった脚も、現在は堂々と衆目に晒《さら》されている。僕の功績だぞ。

友禅《ゆうぜん》りり。小、中、高と同じ学校に通っている、僕の幼馴染《おさななじみ》。

加えて、現在の生徒会副会長。と同時に、前任の会長でもある。

彼女は小声で言った。

「お疲れ」

「お疲れ様です」

厳かに、敬語で返す。

僕は、相手の年齢や立場に関わらず、敬語を使う。口調の使い分けに、限られた脳のリソースを割くのは非効率だからな。それに、タメ口は相手に悪印象を与える場合もある。あえて使うメリットがない。

「何か御用ですか？」

「……【相談】よ」

やや硬い表情の友禅が、僕の対面に腰を下ろす。

【相談】とは、文字通り、僕が生徒の悩み相談に乗る、というだけの活動だ。

これが意外にも好評で、週に二・三度は相談者が生徒会室を訪れる。

おそらく、人気の理由は【真に役立つアドバイスをしているから】だと思われる。

どうやら僕は、論理的に物事を捉え、問題の根本を読み解き、適切な助言をすることが、大多数の人間より得意らしい。僕からすると、上辺だけの共感や見当はずれの主観を口にしてしまうことの方が不思議議だけれど。

元々は、生徒会とは無縁の個人的活動だったが、無償での奉仕に多大な時間を割くのは非効率であると判断し、生徒会の活動に加えた。我ながら、無駄のないエレガントな行動選択だな。

居住まいを正しつつ、友禅の方へ横目を向けた。

彼女は、一般論から大きく逸脱した天才だ。【努力できることこそが才能】などという言葉が、安っぽく感じてしまうほどの天稟《てんぴん》を有している。

柔道や剣道、各種陸上競技、水泳競技等々、いずれも個人競技であれば、全国トップクラスの成績をあっさりとたたき出してしまう。

無論、優れているのは運動能力だけではない。学業成績は全国トップクラス。新年度開始直後に実施された、生徒らの習熟度をチェックするテストにおいては、ぶっちぎりの一位を獲得した。音楽や美術などの芸術分野も、学生レベルであれば、全国大会入賞は当たり前。

思考停止に繋《つな》がるため、【才能】という言葉を使うのは嫌いだが、彼女の実績を説明する際は、使わざるを得ない。

そんな天才、友禅《ゆうぜん》りりの相談。相手にとって不足なし。

彼女は前置きして話し始める。

「これは、友人の話なのだけれど」

「はいはい」

「同じクラスに、好きな人がいるらしいの。隣席の男子よ」

「なるほど」

「その男子は、友人が教科書やノートを忘れたと言えば、頼んでもいないのに『良ければ、

自分の物を一緒に使いますか？』と尋ねてくるそうよ」

「へぇ、そうなんですね」

「これは、その男子が友人に好意を抱いている証拠そのものよね？」

「違います」

真顔で即答した。

彼女は非常に優秀である一方、こういった短絡的かつ感情的な結論に至る場合が少なくないのだ。

眉根を寄せた友禅《ゆうぜん》が、低い声音で聞いてきた。

「……どうして、そう思うの？」

「よほど嫌いな相手でない限り、大抵の人間は、隣席のクラスメイトが教科書やノートを忘れたら、そういう提案をします。全く特別な行動ではありません」

実に分かりやすい説明だったはず。なのに、友禅は不服そうに鼻を鳴らした。

「そ、それだけじゃないわ。友人が授業中に、彼の方へ視線を向けると、頻繁に目が合うそうよ」

「ご友人が彼を凝視しているから、怪訝《けげん》に思って見返しているだけです」

「一緒に帰ろうと誘った時、ほぼ一〇〇％の確率で了承するそうよ」

「彼に友達がいないだけです。ご友人を優先している訳ではありません」

「その男子は、必ず土日の予定を空けているそうよ。突発的なデートイベントに備えているとしか考えられないわ」

「彼に友達がいないだけです。ご友人のために予定を空けている訳ではありません」

「落とし物をした際、一緒に探してくれたらしいわよ」

「気まぐれです。好きな相手じゃなかったとしても、時間があれば、落とし物を一緒に探してあげることはあります」

万策尽きたのか、黙り込む友禅。この程度の根拠を羅列し、僕を説き伏せようとは、甘いぞ。

「最終的な結論ですが、相手はご友人のことを何とも思っていないので、通報される前に諦めた方が賢明です」

間髪入れず、仏頂面の友禅が、軽く脚を蹴ってきた。妙に思って尋ねる。

「どうして、貴方《あなた》が怒るんですか？」

「友人を馬鹿にされたのよ。怒って当然じゃないかしら？」

「馬鹿にした訳ではありません。提示された情報から、ご友人の人物像を推測しただけです。簡易的なプロファイリングですよ」

「嘘《うそ》を言わないで。言葉の端々から、悪意が滲《にじ》み出《で》ていたわ」

「それは友禅さんの主観ですよね？　そう判断するに至った根拠はあるんですか？」

問うと、友禅《ゆうぜん》は悔しそうに歯噛《はが》みした。

数秒後、彼女は自身のスクールバッグを漁《あさ》りながら吐き捨てる。

「そういえば、ノートを借りたままだったから、返しておくわ。どうもありがとう」

「どういたしまして」

乱暴に差し出されたノートを、僕は丁寧な所作で受け取った。

唇を尖《とが》らせた友禅が立ち上がり、窓際の戸棚から、ティーバッグの入った箱と、マーマレードジャムの入った小瓶を取り出す。紅茶に少量のジャムを入れて飲むのが、最近のマイブームだそうだ。

視界の端で、準備に勤《いそ》しむ友禅。ジャムが入ったビンの開栓に手間取っている。

「……開けましょうか？」

「結構よ」

すげなく突っぱねられてしまった。

どちらかと言えば、僕の方が握力も腕力もある。頼んだ方が効率的なのに。

「あっ」

突然、甲高い声が室内に響いた。声の元、すなわち友禅の方を見やる。

一瞬で悟った。いきなり蓋が回ったせいで、ビンを取り落としてしまったのだ。

直後。友禅は持ち前の反射神経をフル活用し、素早く床に片膝を突くと、地面すれすれでビンを掴《つか》み取った。

無駄のない、完璧な動きだった。

ビンの口が、下を向いていること以外は。

しばらくして、友禅は、ビンに入っていたジャムがほとんどこぼれていることに気付いた。絶望と羞恥の入り混じった面持ちでいる。

「……」

見かねて声をかけた。

「隣の備品庫から、モップを持ってきてください。ジャムの処分は僕がやりましょう」

「……あ、ありがとう」

小声で呟《つぶや》いた友禅が退室。その間に、僕はウエットティッシュを使用して、粘り気の強いジャムを撤去した。

こういう時のために、校舎内の床は全て、隙間のないフローリングにしてある。

モップ掛けまで含めても、掃除は数分で終わった。友禅は申し訳なさそうに呟く。

「……仕事を増やしてしまったわね。ごめんなさい」

「次から、力仕事は僕に任せてください。適材適所です」

僕の言葉に、彼女は嘆息《たんそく》を返した。ＹＥＳかＮＯか、はっきりしてくれ。

友禅ほどの才女であっても、感情で動けば、この体たらく。

つまり、我々凡人が感情に振り回されれば、暴走による破滅は必至。だからルールが必要なのだ。

午後六時。チャイムが鳴り響いた。友禅《ゆうぜん》は立ち上がり、帰り支度を始める。僕も同様に準備しつつ、彼女に尋ねた。

「差し支えなければ、家まで送りますが」

友禅の反応は冷淡だった。

「結構よ。生徒会長様は、さぞお忙しいでしょうから」

ぷいと顔を逸《そ》らし、生徒会室を出ようとする友禅。その背に向けて語り掛ける。

「昨年度の市内における刑法犯の認知件数は、三二三五件。住居侵入や器物損壊を除いても、三〇〇〇件以上あります。これを市の人口で割ると、犯罪率は〇・九一%。全国平均を上回る数値です。夕方であることや、女学生の単独行動であることを加味すれば、更に遭遇率は高まるでしょうね」

彼女は振り返り、こちらへ薄目を向けた。

「中央値ではなく、平均値を提示している点に、作為を感じるわね。そこまでして、私を脅したい？」

「まさか、そういうつもりはありません。ただ、わざわざ危険性の高い選択をする必要はないと言いたいんです」

逡巡《しゅんじゅん》の後、友禅は呟《つぶや》く。

「……その情報が真実だとすれば、貴方《あなた》に送ってもらうという選択が、論理的に考えてベストかもしれないわね」

ほんの少しだけ、口角が上がったように見えた。冷静さを取り戻したのかもしれない。

生徒会室を出て、横並びで薄暗い校舎を歩く。もうじき四月（明蹟《めいせき》学園は、一般的な高校より年度始めが一週間ほど早い）とはいえ、これくらいの時間になると、まだまだ肌寒い。風邪には気を付けねば。

やや不自然に首を巡らせながら、友禅は口を開く。

「これも、さっきの友人の話なのだけれど」

「はいはい」

「好意を寄せている男子は、友人が日暮れ以降に一人で下校しようとすると、必ず家まで送ろうかと聞いてくるそうよ」

「へぇ」

「これは、確実に好きよね？　間違いないわよね？」

「違います」

安易に感情で決めつけようとする友禅を、一言で斬り伏せた。追い討ちを仕掛ける。

「その男子生徒は、ご友人のことを性的な目で見ています」

「……」

瞬間、彼女は五〇センチほど僕から遠ざかった。たかが五〇センチ。されど五〇センチ。めげずに僕は話す。

「あわよくば自宅に上がり込もうという下心が見え透いています。用心しろと、ご友人にお伝えするべきかと」

善意の忠告に、友禅《ゆうぜん》が赤面で反発した。

「そ、その男子生徒の人となりは、私もそれなりに知っているけれど、そんな真似《まね》をする人じゃないわ」

「人となりは関係ありません。人間の行動をコントロールするのは状況です。どんな状況に置かれようと、絶対に不埒《ふらち》な真似をしない人間など、存在しません」

「貴方《あなた》が、彼の何を知っているの？」

「何も知りません。だからお聞きします。男子生徒のお名前は？　学年は？　クラスは？　容姿の特徴は？」

途端、反発が和らぐ。予想通りの反応だ。彼女は気まずそうに視線を逸《そ》らした。

「こ、個人情報を、そう易々《やすやす》と部外者には教えられないわ」

「なるほど。じゃあ結構です」

深追いはしない。彼女の言う通りだから。意外かもしれないが、この程度の柔軟性は有している。

彼女の自宅には、二〇分ほどで到着した。

三〇階建ての、夕空を衝《つ》く巨塔。外観からして、一流ホテルのような高級感が漂っている。

こういうマンションの高層階に住む人間は、災害時の想定が出来ていないのだろう。

ぼんやりと考える僕に、友禅が尋ねる。

「……貴方も、不埒な真似をするの？」

「はい？」

頰《ほお》を染めた彼女が付け加えた。

「もし仮に、好きな人の家に上がり込むチャンスが訪れたら、どうする？」

「……」

勿論《もちろん》、決まっている。いついかなる時も、僕はルールに従うだけ。

「……答えかねます、生憎《あいにく》、特定の他者に恋愛感情を抱いたことがないので」

事実上の無回答。これもまた、感情的な判断を避ける手の一種だ。

対する友禅は、ぎこちない動きで自宅を指さした。

「よ、良かったら、少し休憩していく？」

紅《あか》い頰。潤んだ瞳。風に揺れる寄る辺ない細身。色香が心臓を締めつけた。

努めて平然と返す。

「結構です。他人の部屋で休憩したとて、十分な休息効果は得られないでしょう」

「……はいはい、分かったわ。さようなら」

眉根を寄せて吐き捨てる友禅《ゆうぜん》。踵《きびす》を返し、エントランスの方へ。

その背に声をかける。

「予報によると、今夜は冷え込むそうです。風邪を引かないよう、暖かくして寝てください」

感情を排した助言。自動扉の前で、友禅が立ち止まった。聞こえなかったのか？

もう一度言おうとした直前、彼女は振り向き、赤い顔で返す。

「い、言われるまでもないわ」

友禅はすりガラスの向こう側へと消えた。

……胸中に、形容しがたい苦みが渦巻いている。

――これこそ、感情に流されず、賢明な行動を取ることに成功した証《あかし》だ。

これでいい。この苦しみこそが、僕を正しい道へ導く羅針盤なのだ。

……断じて強がりではない。紛《まぎ》れもない本心である。

2　いとをかしくない生徒会長

明蹟《めいせき》学園には、他の高校には存在しない、特殊なシステムがある。

生徒会長一人に、圧倒的な強権が与えられるのだ。やろうと思えば、独裁体制を敷くことすら可能だ。

この特異なシステムは、創設者の【優秀なリーダーの独裁こそが、比類なき傑物を生む】という思想をベースとして生まれた。

ゆえに、学校側は生徒会長に全てを与える。資金も人材も全く惜しまない。圧倒的な成功を収めた起業家の総資産に匹敵する、莫大《ばくだい》な富の使い道を、たった一人の学生が握るのだ。

だからこそ、その座を勝ち取る競争は熾烈《しれつ》を極めた。当時を知る者いわく【事実上、政財界の有力者たちによる代理戦争】だったそうだ。

汚職が横行し、真偽不明のスキャンダルが飛び交い、原因不明の事故によって死亡する関係者が後を絶たなかった。

しかし、数十年前に変化が起きた。

ある生徒会長が、周囲の反対を押し切り、知略謀略を巡らせて、校則を改変した。

これにより、学外の勢力が介入できないシステムを作り上げたのだ。

その甲斐《かい》あって、露骨な代理戦争の様相は消えた。しかし、今なお黒い噂《うわさ》は常に付きまとっている。

そんな【明蹟《めいせき》学園生徒会長】という椅子は、当然ながら、座ってさえしまえば安泰などという代物ではない。

求められるのは、とにもかくにも、対外的な実績を出すこと。

反面、実績さえ出していれば、少々の横暴は許される。

ある生徒は、徹底的な管理体制こそが人間を鍛えると言い切った。いきなり完全寮制となった学園にて、生徒たちは刑務所より質素な生活を余儀なくされた。

ある生徒は、学生の勤労や学習に対して金銭的報酬を支払い、より競争を激化させるべきだと叫んだ。金銭が絡んだことで、生徒たちは本性を露呈し、必死で競い、金を奪い合った。社会の醜悪な部分だけを煮詰めたような地獄が生まれた。

ある生徒は、健全な精神は健全な肉体に宿ると説いた。全生徒にトップアスリート並みのトレーニングが課され、運動能力の平均値は飛躍的に上昇。学校は筋肉工場と化した。

茶道部の生徒が、スポーツ推薦で大学への進学を決めたことも局地的に話題となった。

いずれの代も、およそ教育機関とは思えない様を呈したが、進学実績や部活動の大会記録は、全国屈指の結果を叩《たた》き出した。

一方で、退学者の数もまた、全国屈指だった。

――これが世に言う『尊い犠牲』とやらなのか？　本当に？　退学していった彼ら彼女らは、比類なき傑物の育成に寄与していたのか？　もっと時代に即した、効率的な方法があるんじゃないか？

疑問を抱いた僕は、仮説を立てた。

完璧なルールを設定し、それを皆が当然のごとく守れば、優秀なリーダーによる独裁や尊い犠牲が無くとも、傑物は生まれるのではないかと考えたのだ。

そして、実践した。生徒会長に就任した直後、数多《あまた》の新しい校則を掲げ、ある種の縛りを設けた。

結果、明蹟学園は、数ある普通科高校の一つに成り下がった。際立った個性は消失し、生徒たちは凡庸な日々を送る羽目になった。

それでも、昨年度は、進学実績も部活動の大会記録も、例年と遜色ない結果が出た。

そして、退学者はゼロ。

これらの結果を受けて、僕には二つの呼び名が与えられた。

一つ目は、明蹟学園史上、最も無能な生徒会長。

二つ目は、明蹟学園史上、最も幸運な生徒会長。

動かずして成果を挙げたことに対する皮肉が、多分に含まれた通称だ。

その評価を、僕は心の底から喜んだ。

完璧なルールさえあれば、誰が生徒会長をやっても、対外的な実績を出せると証明できたからだ。おびただしい数の中退者を出すような独裁体制など、必要なかったのだ。

実績の出ている場所に、才能は集まる。このシステムから傑物が生まれるのも時間の問題だろう。

ただし、まだ問題はある。

このシステムは、僕が強権を握りつぶしているから成り立っているに過ぎない。生徒会長が交代し、また一個人が強権を振りかざすようになれば、元《もと》の木阿弥《もくあみ》。

……そういえば、彼も、似たようなことを言っていたな。


記憶を反芻《はんすう》しながら、校舎の壁面に掲げられた時計へ目を向ける。日差しのせいで、やや見づらい。おそらく、一六時半は過ぎている。

同窓会長との懇談が長引き、生徒会室への到着が遅れてしまった。扉の前で、弾んだ呼吸を整える。

『要約すると、貴方《あなた》の主張は【八神錬理《やがみれんり》の卒業後、現体制は自然消滅する。後輩を育てた経験がないから、知見を引き継ぐことも出来ない。だから生徒会長に相応《ふさわ》しくない】といったところでしょうか？』

室内から、うっすらと僕の声が聞こえてくる。音声のざらつきからして、ドッペルゲンガーではなく録音だろう。

中へ入ると、備え付けの大型モニターに、自身の横顔が映っていた。

前年度の二月下旬に行われた選挙演説。その際に撮影した記録映像だ。

映像をきっかけとして、記憶が蘇《よみがえ》る。

一年生の後期。友禅《ゆうぜん》と入れ替わりで生徒会長に就任し、【半年間、退学者ゼロ】という、史上初の快挙を達成した男、八神錬理。

誰もが、その続投を願ってやまない。はずだった。

しかし、思わぬ伏兵が現れた。

現三年A組。庄山倫太郎《しょうやまりんたろう》。

成績は非常に優秀で、全国模試でも上位に名を連ねる実力者。

所属するサッカー部ではキャプテンを務めており、昨年はレギュラーメンバーとして、インターハイに出場。気迫に溢《あふ》れたプレーでスタジアムを沸かせた。勿論《もちろん》、周囲からの人望も厚い。

突如、彼が立候補を表明したのだ。

正直に言おう。めっっっちゃ焦った。

僕には、実績以外の武器が何もないからだ。

校則の設定以外は目立った活動をしていないため、多くの生徒からは、『何もせずに功績だけを掠《かす》め取《と》った簒奪《さんだつ》者』だと思われている。

更に、唯一の武器である実績を作ったシステムも、今や僕の敵。何故《なぜ》か？

僕が作ったのは、誰が生徒会長になっても、実績を出すことの出来るシステムだからだ。

つまり、生徒会長が僕である必要は欠片《かけら》もない。

この時ばかりは『ひょっとすると、僕ってアホなのかもしれない』という疑念が、脳内を駆け巡った。

そんな、勝ち目の薄い生徒会選挙の山場ともいえる、演説当日。

対立候補であった庄山《しょうやま》先輩の演説終了後、質疑応答の時間に僕が質問したのだ。

……それにしても、何故この記録映像が画面に？　さっぱり分からない。誰か論理的に説明してくれ。

理解が追い付くのを、画面上の庄山先輩は待ってくれない。

『そんな刺々《とげとげ》しい言い方はしていないよ』

『つまり、内容に関しては、概《おおむ》ね間違いないんですね』

『……あぁ』

眉根を寄せる庄山先輩。彼が気分を害したことに気付いていない風を装い、質問した。

『では、庄山先輩の考える【後輩に知見を引き継ぐための具体的な方法】を教えていただけませんか？　今の所、実現性の高いプランを聞けていないので』

彼は堂々と言い切る。

『自身の言動によって、生徒一人一人を励まし、鼓舞し、善き行動を促す。それを、全生徒に対して行う。それだけだ』

『……生徒は千人以上いますよ？』

『不可能な人数じゃない』

淀《よど》みない返答。思わず、口の端から嘆息《たんそく》が漏れた。

『それはプレイヤーの仕事であって、リーダーの仕事ではないと思いますが』

不遜な物言い。我ながらムカつくな。

しかし、偽りなき本音でもある。

感情論だけで纏《まと》め上《あ》げられる人数には限りがある。千人もの人間を統率しようと思ったら、ルールの明確化は不可欠。後輩に知見を引き継ぎたいのであれば猶更《なおさら》だ。

庄山先輩が険しい表情を浮かべる。

『ならば、逆に聞こう。八神《やがみ》君は今まで、誰のために何をやった？　文句を言うだけの人間に、生徒を代表する資格はないと思うぞ』

当然の詰問。画面上の僕は平坦《へいたん》に応じる。

『校舎西側の裏口付近にあったゴミ山が無くなったことは、ご存知《ぞんじ》ですか？』

『あぁ、勿論《もちろん》だよ。普段、我々サッカー部が活動している場所の傍《そば》だからね。状況は把握済みだ』

『あれ、片付けたの、僕です。ついでに言うと、ゴミが捨てられないような仕組みも設けました。半年前です』

『っ！』

目を見開く庄山《しょうやま》先輩。かつての僕が、腹立たしいほどの無表情で続けた。

『逆説的に、庄山先輩は、常日頃から活動している場所の傍に、ゴミが大量に捨てられていることを知りながら、放置していたということですか？』

神経を逆撫《さかな》でるような物言い。さざ波めいた生徒らの喧噪《けんそう》が、体育館全体に響き渡る。

ざわめきは、各所で何度も発生と反響を繰り返し、庄山先輩の精神を揺さぶった。

おそらく、彼を擁護する発言をしていた生徒も少なくなかった。

しかし、このタイミングにおいて、そのフォローは逆効果だ。

庄山先輩は優秀だが、聖徳太子《しょうとくたいし》じゃない。誰が自分を非難していて、誰が擁護しているかなど、聴き分けることはできない。

ただ、【全ては例外なく自分の不出来に関する発言だ】という事実だけが、彼の心を抉《えぐ》り、削り、磨《す》り潰《つぶ》す。

十秒ほどの間を置いてから、庄山先輩が反論を絞り出した。

『二年前までは、我々サッカー部も清掃を行っていたんだ。しかし、何度掃除してもゴミは捨てられる。きりがなかったんだ。そもそも、あれは学校とは関係のないゴミだ。学生が処理をする義務はない』

『仰《おっしゃ》る通りです。ただ、学生の中には、これ幸いとばかりに、あそこへ空き缶やペットボトルを捨てていく者もいました。全く関与していないと言えば、嘘《うそ》になります』

『……』

言い訳さえも潰されて、庄山先輩は完全に沈黙してしまった。僕は畳みかける。

『ちなみに僕は、清掃後、自分のモノクロ写真と花束を置きました。すると、何故《なぜ》か捨てられるゴミの量が激減しました。不思議ですよね』

想定では、ここで爆笑が巻き起こるはずだったのだが、実際はややウケだった。

気を取り直して本題に戻る。

『つまり、本当の意味で問題を解決したいのであれば、現場の清掃に加えて、二度と不法投棄が起きない仕組みを作るべきだったんです』

壇上の庄山先輩は顔を伏せていたため、表情から心中を読み取ることは出来なかった。

当時の僕は、無慈悲なほど淡々と締める。

読み取らせないようにしていたのかもしれない。

『結論を申しますと、生徒会選挙の当落に関わらず、千人をまとめる人間がすべきアクションを、学んだ方が良いと思います。あっ。他にも色々と、学校のためを思って自分なりに行動してきたのですが、説明した方がよろしいでしょうか』

『……結構だ』

低い声音で、庄山《しょうやま》先輩が言い捨てた。


画面の映像が消えると同時、モニターの前にいた女生徒二人のうち、一人が振り返った。

「それでは、先ほどの質疑応答について、本人からの解説スタート！」

唐突に水を向けてきた少女の名は、尾田海香《おだうみか》。生徒会にて、庶務を務めている。

生徒会に入った当初、『なぜ庶務を希望したんですか？』と尋ねた所、彼女は『簡単そうだから！』と満面の笑みで答えた。なめとんのか。

髪型はライトブラウンのショートボブで、琥珀色《こはくいろ》の瞳と、両腕に着けたシルバーのバングルが目を惹《ひ》く。健康的な印象だ。実際、病欠は一度もない。（サボることはしばしばある）

背丈は友禅《ゆうぜん》と同程度だが、彼女よりもやや筋肉質。見掛け倒しではなく、実際の運動能力もかなり高い。脚線美が、黒のニーソックスによって強調されている。

性格は活発で行動的。やや身勝手な気質を、持ち前の愛嬌《あいきょう》とコミュニケーション能力で、無意識的にカバーするタイプだ。

そんな彼女の催促に、唯々諾々とは従えない。

「その前に、この映像を観《み》ていた理由を教えてください。仕事を後回しにしなければいけないほどの事情があったのですか?」

薄目で尾田《おだ》を睨《ね》めつけながら、テーブルの上に放置されたノートパソコンを指し示す。液晶には、無記入の要望書が表示されていた。

明蹟《めいせき》学園の生徒会は、学校設備や校則を変更する際は勿論《もちろん》、変更しない場合も、学校側に要望書を提出しなければならない。絶えず変化し続けることが日常だからだ。

ゆえに、数十枚もの要望書を、毎日提出する義務が課されている。その処理を後回しにする正当な理由が、あの映像にあったのであれば、この件は不問としよう。

しかし、尾田は問いに答えなかった。

「先に質問したのはこっちだよ！　まずは答える！　常識でしょ！」

「貴方《あなた》に常識を語る資格はありません」

「『常識離れした優秀さの持ち主』だなんて、流石《さすが》に褒《ほ》めすぎだよ～」

頬《ほお》に手を当てて照れる尾田。これを素で言ってしまうのだから恐ろしい。

ある種の敗北を悟った僕は、しぶしぶ答えた。

「元々、この件について、あの場で話すつもりはありませんでした」

正直、自分の選挙演説が終わった時点で、当選は確実だと思っていた。

しかし、庄山《しょうやま》先輩のエモーショナルなスピーチによって、趨勢《すうせい》はイーブンにまで戻ってしまった。彼は現体制の功績を称《たた》えつつ、不足を指摘し、自身が生徒会長になれば、その不足を解消できると主張したのだ。

……正直、褒められた時は嬉《うれ》しかった。各所で【お飾り会長】と揶揄《やゆ》されてきたからな。

評価が同等であれば、最後は感情で投票する。理解しがたいが、それが人間の性《さが》である。

国体常連のサッカー部でキャプテンを務める庄山先輩に、人気では絶対に勝てない。

だから、あのまま終わる訳にはいかなかった。質疑応答における論破は、場外乱闘による反則勝ちのようなものだ。

女子二人の対面に置かれたソファへ、腰を下ろしながら吐き捨てる。

「これは、庄山先輩の感情的な気質を利用した、狡猾《こうかつ》な勝利。僕にとっては黒歴史ですよ」

「でも似合ってるよ！　レン君、引くほど狡猾な手段で成り上がった軍師顔だからさ！」

「今、死ぬほど失礼なことを仰《おっしゃ》られていますけれど、自覚はありますか？」

「ある！」

「罪悪感は？」

「無い！」

清々《すがすが》しい表情で言い切る尾田《おだ》。責める気も起きない。

色々と諦めた僕に、もう一人の女生徒が言った。

「貴方《あなた》の善性は伝わったのだから、終わりよければすべてよしじゃないかしら？　庄山《しょうやま》先輩の敗因は、感情論を叫ぶことにこだわりすぎて、具体的な行動を起こせなかったこと。それだけよ」

友禅《ゆうぜん》の美しい銀髪が、陽光を反射して煌《きら》めいた。一瞬、見惚《みと》れてしまった。

しかし、発言の内容には同意できない。

「僕のような人間を善良と定義してしまうのは、いかがなものかと」

「なんで？」

尾田の問いに、僕は淡々と答える。

「他人から見られていることを自覚した時点で、【見返りを求めない純粋な善意】とは言い難《がた》いからです。無意識のうちに、何らかの打算や計略が交じってしまう可能性が高い」

「なるほど。その気持ちは、分からなくもないわ」

脚を組み直しながら、同意する友禅。

「友ちゃん、そういう動きするとパンツ見えるよ。もう和服じゃないんだよ」

「っ……」

指摘を受けて、顔を真っ赤にした友禅が、スカートの裾を押さえる。

僕は気にしていない振りをした。懸命に探したが、【友禅の下着が見えているか否か、僕が確認する正当な理由】は存在しなかったので。あれば確認する。ルールだから仕方ない。

行き場のない視線を尾田の方へ向けて、尋ねた。

「次は僕が質問する番です。どうして選挙演説の映像を観《み》ていたんですか？」

問うと、友禅はさっと視線を逸《そ》らす。

「それは、その、何というか、えっと、その……」

肝心の回答は、尾田の口から出た。

「レン君が嘘《うそ》を吐《つ》く時に、どんな癖が出るか、調べてたんだよ！　弱みを握るために！」

「選挙演説を嘘だと決めつけないでください」

「選挙演説で、本心を言う奴《やつ》なんか、いるわけないでしょ〜」

「感情的な決めつけです。即刻撤回し、すべての選挙管理委員に謝罪してください」

「斬り捨て御免！」

満面の笑みで、愛らしくウインクする尾田。全く反省の色が見えない。

「……ちなみに、癖は見つかりましたか？」

嘆息《たんそく》交じりに聞くと、友禅と尾田は顔を見合わせた。

にやにやと笑う尾田に促されて、友禅は前髪を弄《いじ》りながら呟《つぶや》く。

「……な、内緒よ」

参ったな。要所で癖が出ないよう、注意しなければ。

……余談だが、友禅《ゆうぜん》は嘘《うそ》を吐《つ》く際、普段より瞬《まばた》きの回数が微増する傾向にある。絶対ではないが、有事の際は参考にすると良い。

本日の業務、終了。間髪入れず、疲労回復を早めるためのコーヒーブレイク。疲労した眼《め》に、夕陽《ゆうひ》とカフェインが沁《し》みる。

要望書の整理（項目ごとに、友禅や尾田《おだ》と三等分した）や、明日面会予定の方々への最終スケジュール確認など、比較的軽い仕事しかなかったはずなのに、一八時を過ぎてしまった。いつもより三〇分ほど遅い店仕舞《みせじま》いだ。尾田のせいである。

そんな彼女が、僕に頼む。

「レン君。生徒会のグループチャットに【ごめん！　ゲーム開始、二〇時に変更で！　すんまそん】ってメッセージ送ってほしいんだけど」

「ご自分のスマートフォンは忘れたのですか？」

「そんな感じ」

「すんまそんは必須ですか？」

「勿論《もちろん》！」

サムズアップする尾田へ半眼を向けていると、その右隣で紅茶を飲む友禅が言った。

「さっき、本心という単語を聞いて、思い出した話があるのだけれど、聞いてもらってもいいかしら」

その口ぶりからは、思い出したというより、事前に用意した文面を諳《そら》んじている印象を受けた。が、いちいちそれを指摘するほど無粋じゃない。

「構いません」

厳粛に応答。友禅の【相談】がスタートする。

「前もって言っておくわ。これは、友人の話よ」

「出た。友ちゃんの【悩み多き友人】」

にやにやと笑う尾田を、友禅が軽く睨《にら》みつけた。

「以前にも何度か言ったけれど、その子には好きな人がいるの。隣席の男子よ。……便宜的に八神《やがみ》君と呼ぶわ」

「何故《なぜ》ですか？」

仮名に本名を使われるとなっては、黙っていられない。友禅は上擦った声で答える。

「わ、分かりやすいでしょう？」

「むしろ、分かりにくくなっていませんか？」

疑念を募らせていると、やたらと口角を上げた尾田《おだ》が、横から補足した。

「うっかり、自分が好きな人の名前を言っちゃうかもしれないでしょ～？　それを防ぐための対策だよ～」

「なるほど、そういうことでしたか。失礼しました」

丁重に謝罪。まさか、合理的な理由があるとは。

友禅《ゆうぜん》は明後日《あさって》の方を見ながら返答する。

「け、見当違いも甚だしいけれど、面倒だから、そういう認識で問題ないわ。スルーしてあげる」

器の大きさを我々に見せつけながら、彼女は話を再開した。

「その子が『八神《やがみ》君は、自分の好意に気付いた上で、素知らぬ振りをしているのかもしれない』と言っていたのよ」

「なぜ、ご友人は、そう考えるに至ったのでしょうか？」

途端、友禅は狼狽《ろうばい》した。まるで、必死に回答を考えているかのような慌てぶりだ。

「わ、私も詳しいことは知らないけれど、かなり露骨にアピールしているそうよ。本人曰《いわ》く『ほぼ告白したと言っても過言じゃない』らしいわ」

つまり、本当の意味で告白した訳じゃないということだ。友禅の友人は、偏った思考と感情的な性格の持ち主なので、発言を鵜呑《うの》みには出来ない。どうすべきか。

唸《うな》る僕と対照的に、尾田は意味深な微笑を浮かべた。

「うん、レン君は気付いてるね。間違いない」

「いや、八神は気付いていません。断言できます」

意図せず反対意見を口にしてしまった。明らかに感情的な行動だ。

顔を伏せて反省していると、対面の尾田が持論を述べた。

「一番、結果を知ることが怖いはずの当人自ら『事実上の告白』って言ってるんだよ？　それだけ露骨なアピールされて、気付かないなんてあり得ないね」

自信満々に断言する尾田。しかし、騙《だま》されてはいけない。根拠があろうとなかろうと、彼女はいつも自信に満ち溢《あふ》れているのだ。

「当事者の主観ほど、あてにならないものはありません」

「第三者の主観に比べたら、よっぽど信用できるし！」

「先ほど、尾田さんが仰《おっしゃ》った意見こそ【第三者の主観】ではありませんか？」

「っ……！」

表情に焦りの色を浮かべる尾田。僕は続ける。

「それに、価値観が異なれば、恋愛におけるアピール方法も変わります。ピースサインが敵対宣言の文化圏だってあるんですよ？　言語情報以外を判断材料とするのは、不用意ではないでしょうか？」

それなりに説得力のある主張だったはず。しかし、尾田《おだ》は負けを認めない。

「わ、分かってないなぁ。言葉にしないからこそ、趣きがあるんだよ。いとをかしなんだよ」

「【言葉にしなくても伝わる。言語化されていない感情も読み取るべき】というスタンスは、傲慢と言わざるを得ません。友禅《ゆうぜん》さんのご友人が、本当に八神《やがみ》を愛しているのであれば、言葉を尽くして思いを伝えるべきではないでしょうか？」

僕の反対意見を受けて、溜《た》め息《いき》を吐《つ》いた尾田が、何故《なぜ》か友禅に目を向けた。

「めっちゃ可愛《かわい》いのに、何でレン君なんかを好きになったんだろうねぇ」

その発言を、聞き逃すことは出来なかった。

「悩み多きご友人と、面識があるんですか？」

「あるよ～」

「その呼び名、定着させないでほしいのだけれど」

友禅に睨《ね》めつけられても、尾田は意に介さず、軽い口調で尋ねてきた。

「【悩み多き友人】に、会わせてあげよっか？」

「……」

何故か言葉に詰まってしまった。その理由に思いを馳《は》せてみる。

ひょっとすると、相談を受け続けているうちに、少しずつ感情移入しているのかもしれない。良くない兆候だな。

「結構です。踏み込みすぎると、助言にバイアスが生じるので」

断ると同時、心中に拡《ひろ》がる渋み。正しい行動選択に成功した証拠である。

満足感に浸る僕を、尾田が薄目で睨《にら》んだ。

「趣きのない返事だなぁ……」

「逆に、趣きのある返事とやらを、教えて頂きたいですね」

僕の希望に答えてくれたのは、尾田ではなかった。


「——八神錬理《れんり》は、悩み多き友人が好き」

唐突な呟《つぶや》き。見やれば、友禅が、熟れた林檎《りんご》みたく顔を真っ赤にしている。

「……これが、いとをかしい言い回しよ」

堪《たま》らず聞いた。

「言葉にしないことこそが、趣きなのでは？」

「趣きのない返事だなぁ！」

先ほどと全く同じ台詞《せりふ》を、尾田は大音声《だいおんじょう》で室内に響かせた。

一八時半近く。荷物を纏《まと》めて生徒会室を出た。

友禅《ゆうぜん》が左隣を歩く。尾田《おだ》は私用があるため、もうしばらく学校に残るそうだ。

足元の廊下には、何かを引《ひ》き摺《ず》った跡が確認できた。ロッカーの類《たぐい》を、強引に移動させたのだろう。

「尾田さんが言う【趣き】とは、何なのでしょうか？」

「まだ考えていたの？」

小さく溜《た》め息《いき》を吐《つ》く友禅に、僕は尋ねた。

「百人一首を丸暗記して、趣き深いとされる表現の共通項を一通り見つければ、理解できたと言えますかね？」

「それこそが、趣きのない発想なのよ……」

彼女の反応からして、法則化は趣きから遠い行為のようだな。

……それを封じられてしまうと、アプローチの仕方が全く分からない。

「改めて考えると、短歌は、婉曲《えんきょく》な愛情表現の極致と言っても過言ではないかもしれません」

「どうかしら。短歌の表現を婉曲だと感じること自体が、現代的な価値観であって、当時の人々からすれば、案外ストレートな物言いなのかもしれないわよ」

ストレートな物言い。具体例は、即座に思い浮かんだ。

——八神錬理《やがみれんり》は、悩み多き友人が好き。

この文面から、趣きを読み取ることは難しい。良くも悪くも捻《ひね》りがないから。

……あるいは、【悩み多き友人】が何者かの代名詞であり、僕が好意を寄せる人物が誰なのか、推測して遊んでいるのか？　そんな相手、いないのに？

思考を空転させていると、友禅が聞いてきた。

「……これは友人の話なのだけれど」

「はいはい」

「ある男子に、ラブレターを渡そうと思っているそうよ」

「ほう」

「ただ、彼女にとって初めての試みだから、不安も少なくないと言っていたわ」

「なるほど」

百人一首には、恋心を歌ったものも少なくない。そこからラブレターに関する話を思い出したのだろう。

若干、友禅の声が熱を帯びた。

「さ、参考までに聞かせてほしいのだけれど、貰《もら》ったことはある？」

「一度もありません」

僕の悲しい過去を知り、口の端を上げる友禅《ゆうぜん》。

「あら、意外」

「気を遣っていただかなくて結構ですよ」

もしくは、もう少し上手《うま》く気を遣ってくれ。

「ちなみに友禅さんは、貰《もら》ったこと、ありますか?」

「……無いわ。残念ながら」

内心、驚いた。

「意外ですね。てっきり、数えきれないほど貰っているかと」

「馬鹿にしてる?」

「とんでもない」

頬《ほお》を膨らませた友禅が、こちらへ薄目を向けてくる。報復完了だぜ。

咳払《せきばら》いで区切りを入れてから、友禅は僕に質問した。

「もし自分がラブレターを貰ったら、嬉《うれ》しい?」

「答えかねます。貰ったことがないので」

「仮定の話よ。想像して」

難しい要求だ。脳味噌《のうみそ》を絞り、回答を捻《ひね》りだす。

「少なくとも、悪い気はしませんね」

「ほ、本当に？　いきなり好意を伝えられたら、困らない？」

「起床直後や緊急時でない限り、大丈夫かと。あくまで想像ですが」

憶測で物を言う僕に、友禅はおずおずと尋ねた。

「――たとえば、今、告白されたら、困る？」

誰に？　聞かずとも分かる。今この場に、僕以外の人間は一人しかいない。

「……おそらく、困りません」

僕の呟《つぶや》きに対する、友禅の返答はなかった。

むずがゆい沈黙に耐《た》えかねて、近しい話題で間を埋める。

「そういえば、先日お会いした、大学院で心理学を専攻している卒業生の方が『世間一般に図々《ずうずう》しいとされるアクションが、こと恋愛においては有意に働く場合もままある』と仰《おっしゃ》られていましたよ。だから、気にしすぎる必要はないかと」

無論、それは【図々しい行動ばかりすればいい】という根拠にはならない。重々承知だ。

ただ、好意を伝えるタイミングにさえ気を遣う友禅が、思慮の浅い行動で自覚なく他人を傷つけることは、十中八九ないはず。

……いや、待て。これは友禅の話じゃない。友人の話だ。しっかりしろ僕。

自身に言い聞かせていると、いきなり友禅が足を止めた。振り返った僕に、彼女はそっぽを向いて言う。

「つ、疲れたわ。負《お》ぶって」

脈絡のない要求に面食らってしまった。

「急にどうしたんですか？」

「どうもしていないわ。ただ疲れただけよ」

言い切った友禅《ゆうぜん》は、その場から動こうとしない。

数秒だけ考えて、言葉を返す。

「分かりました。病院へ行きましょう」

「……え？」

眉根を寄せる友禅。

「突然、一人では歩けないほどの疲労感を覚えたのだとすると、体調に何らかの異常を来している可能性があります。病院で医師の診察を受けるべきです」

言いながら、僕は携帯電話を取り出し、最寄りの病院に電話をかけた。スピーカーからコール音が鳴っている。

「ま、待って。嘘《うそ》よ。平気だから止《や》めて。ごめんなさい」

懇願を受けて、素早く通話を終了。友禅に半眼を向ける。

「何のために、そんな嘘を？」

彼女は観念して狙いを明かした。

「……図々《ずうずう》しくなる練習よ」

「ラブレターを書くのは、ご友人ですよね？　友禅さんが図々しくなる必要はないのでは？」

「図々しくなる方法を、私が友人にレクチャーするのよ」

図々しくなる方法のレクチャー。風刺画めいた光景だ。

「そもそも、練習をしている時点で、図々しくないのでは？」

「そ、そうね。これが練習であるとすれば、図々しくないわね」

返答の本意を掴《つか》みかねた。

「どういう意味でしょうか？　練習なんですよね？」

「……今、貴方《あなた》がやったことこそ、趣きのない反応よ」

堪《たま》らず目を瞑《つぶ》る。難解だ。誰か助けてくれ。

天へ祈りながら、廊下に片膝を突き、背中を友禅の方へ向ける。

「今後、本当に友禅さんが体調を崩し、安全な場所まで運ばねばならない状況が訪れるかもしれません。友禅さんの【図々しくなる練習】と同時並行で、訓練しておきましょう」

「……た、確かに、訓練は大切よね」

白くしなやかな腕が遠慮がちに伸びて、首の両サイドから垂れ下がった。重量からして、まだ完全に乗ってはいない。

上擦った声が、鼓膜をくすぐる。

「……や、やっぱり、遠慮しておくわ。私、見た目より重いから」

「お気になさらず」

背を向けたまま、友禅《ゆうぜん》の膝裏に両手を滑り込ませた後、彼女の細い手首を握り、一気に持ち上げた。石鹸《せっけん》を想起させる、制汗剤の香りが鼻をくすぐった。

「ひゃうっ！」

嬌声《きょうせい》を漏らし、じたばたする友禅。

「な、何をしているの？　い、今すぐ止《や》めなさい。変態」

「この方法で背負えば、通常の方法よりも安定感が格段に向上するんです」

背負われる側の身体《からだ》が、背負う側の背中に密着するため、重心が安定するのだ。背負われる側は安心できるし、背負う側の疲労も軽減される。

「災害時に、子供や高齢者、怪我人《けがにん》などを運ぶ方法としても推奨されています。断じて他意はありません」

友禅が反論に詰まった。

「………そういう事なら、良いけれど」

承諾を得て歩き出す。

このような背負い方が存在することを、僕は前々から知っていた。先ほどの説明も嘘《うそ》じゃない。

しかし、実際に誰かを背負うのは、今回が初めてだ。

そのせいで、予想外の事態に直面した。

通常の方法とは、密着度が比べ物にならない。友禅の胸が、肩甲骨のあたりに絶えず押し付けられているような状態だ。異常に顔が熱くなる。熱中症になる直前と同じ感覚。心臓が、ばぐんばぐんと、肋骨《ろっこつ》の内側を殴打しまくっている。

血圧の急激な上昇に伴って、脳が覚醒。感覚が鋭敏化し、余計に意識してしまう。

それだけじゃない。手の甲が、タイツ越しの太ももを、外側から締め付ける形になっている。きめ細かいタイツの感触や温《ぬく》もり、弾力などがダイレクトに伝わってきた。

更に言うと、内ももの柔い部分が、わき腹を挟み込んでいる。

要するに、僕は今、腕で友禅の太ももを締め付けながら、両のわき腹に彼女の内ももを押し当てているのだ。

……ガーターベルトになった気分。

正直【膝裏に手を入れる】という行為の重大さを甘く見ていた。まともに思考できない。

断続的に、湿った吐息が首筋を這《は》う。冷静さを失わないため、友禅に声をかける。

「……痛かったら、すぐに言ってください」

「……大丈夫よ」

僕は大丈夫じゃない。出かかった言葉を飲み込んだ。

歩くこと数分。玄関へ到着。

「きょ、今日はここまでで大丈夫よ。ありがとう。下ろして」

友禅《ゆうぜん》を解放し、尋ねた。

「どうですか？　図々《ずうずう》しくなることは出来ましたか？」

「ま、まだまだ修業が必要ね。……貴方《あなた》も、私も」

唇を尖《とが》らせた彼女は、シューズロッカーの方へ駆けていった。

首筋、背中、手首、わき腹。身体《からだ》の各所に残った、艶《なま》めかしい感触。しばらく消えそうにない。

無心を心掛けながら、友禅とは反対側のシューズロッカーへ。

自身のロッカーを開くと、最奥に、桜色の横型封筒が入っていた。驚愕《きょうがく》のあまり声が出そうになったが、すんでの所で留《とど》めた。

封筒の中心部には、均整の取れた字で【八神錬理《やがみれんり》君へ】と記されている。差出人は書かれていない。

これが何なのか分からないほど、僕は世俗に疎くない。

ラブレターである。

……言葉にしないことの趣き深さを、ほんの少しだけ理解できた気がした。

3　論理主義者は表面的な情報だけで色恋を語りがち

とある生徒を探して、放課後の校舎を歩き回る。斜陽が窓枠に反射し、目の表面を炙《あぶ》った。眩《まぶ》しい。

……臼田《うすだ》先生の所にもいないとなると、あとは生徒会室だけか。

心当たりのある場所はいくつか回ったが、姿を確認することは出来なかった。気が変わったのだろうか。

おそるおそる生徒会室に入ると、件《くだん》の生徒がソファで携帯電話を弄《いじ》っていた。

澄んだ紫紺の双眸《そうぼう》に、生来のクールな性格が表れているかのようだ。

絹のように滑らかな黒髪をショートカットに切《き》り揃《そろ》え、後ろ髪の内側を碧色《みどり》に染めている。インナーカラーと呼ばれるヘアアレンジである。

自らひけらかさないため目立たないが、実は明蹟《めいせき》学園でも随一のファッショニスタ。服飾関係には疎い僕から見ても、センスが良いことは明白だ。尾田《おだ》は事あるごとに彼から助言を貰《もら》っている。

恰好《かっこう》こそ女生徒のそれだが、性別は男性。個人的志向で、女装をしている。入学当初はかなり浮いていたが、段々と馴染《なじ》んできた様子。先日、偶然にもクラスメイトと談笑する姿を目撃した時は、感動すら覚えた。

笹木錦《ささきにしき》。一年生。生徒会では会計を務めている。

その技量は並外れており、今すぐにでも会計監査として現場で働けるレベルだ。会計に特別興味があるというよりは、祖父の会社で暇つぶしがてら覚えたらしい。

小学生の頃から『超積と超準解析』や『位相と関数解析』といった大学院レベルの数学の専門書を読み漁《あさ》っていたそうで、中学時代には国際数学オリンピックに二年連続で出場。二年連続銀メダルに輝いた。

なぜ、そんな天才が、生徒会に在籍しているのか。そもそも高校に通う必要があるのか。

入学当初の彼に尋ねると、こんな答えが返ってきた。

「希少価値の高さで考えたんすよ」

笹木は事もなげに言う。

「これだけの人数の、営利関係にない同世代と、同じ場所で生活することって、今後の人生でそうそう無いと思うんすよ。そういう体験を、無理ない範囲で経験しとくのは、悪いことでもないかと思ったんす。ジブン、義務教育はマトモに受けてなかったし、集団生活をしたことのない学者がどんな有様になるか、知ってるんで」

なるほど。近しい大人を反面教師にしたのか。

「あと、この学校なら、出席日数とか適当でも許されるんで」

聞き捨てならなかった。眼差《まなざ》しで真意を問う。

「生徒会長からすると、【独裁を邪魔しない上、勝手に実績を作ってくれる生徒】は、在籍させておいた方が得だからっすよ」

……僕は許さんぞ。届け、この思い。

「生徒会に入ったのは、尾田《おだ》先輩が手伝えって言ったからっす。『にっしーがいたら、あたしの仕事が楽になりそう』って言ってたっす」

普段から、言うほど仕事してないだろ。本音を飲み込む。

「……あと、あの人と一緒だったら、楽しいかもと思って」

頬《ほお》を染めて付け加えた彼の姿に、当時の僕は妙な感動を覚えた。

そんな会話を思い出しながら、笹木《ささき》に挨拶。

「お疲れ様です」

「どもっす」

平素と同じく、淡白な反応。僕が嫌われている訳じゃない。多分。

対面に腰かけたタイミングで、図らずも安堵《あんど》の言葉が出てしまった。

「笹木君が頻繁に出入りしている場所を回ったのですが、目撃情報を得られなかったので、てっきり来ていないのかと思いましたよ」

「その動き、ちょっとストーカーっぽいっすね」

苦笑する笹木。失言を悔い、己を責めた。

「……不快感を与えてしまい、申し訳ありません」

「じょ、ジョークっすよ。元気、出してくださいっす」

笹木の励ましを受けて、話題を変える。

「突然お呼び立てして、申し訳ありません。遠藤《えんどう》先生が『本人から面と向かって謝罪されないと気が済まない』と仰《おっしゃ》られていたので」

「大丈夫っす。むしろありがたいっす。こういう機会がないと、なかなか学校に来ないんで」

つまり、僕が電話をかけなければ、今日もサボるつもりだったのか。

「毎日学校に来いとは言いません。ただ、テストの日だけは必ず学校へ来てくださいね。笹木君の場合、ぶっつけ本番でも、何とかなるのですから」

春休み明け。習熟度チェックを兼ねた、主要五教科のテスト当日。あろうことか笹木はテストの存在を失念していたそうだ。

僕は全ての仕事を中断し、タクシーで笹木の自宅へ急行。彼を学校へ送り届けた。もう、あんな思いをするのは御免だ。

「そういえば、定期テストの日程、変わったっすよね？　何かあったんすか？」

突然の質問に、心臓が跳ねた。深呼吸の後、用意していた文章を口にする。

「会長権限で、テストの問題をほぼ全て、変更することにしたんです。その影響で、少し日程がズレてしまいました。ご迷惑をお掛けして、申し訳ありません」

「全然良いんすけど、何で変更したんすか？」

「先日、テストを製作している会社の代表者と話した際、言動の端々から、学生を軽んずるような精神性が垣間見《かいまみ》えました。そのような方が作ったテストは、わが校の生徒を評価する尺度として相応《ふさわ》しくないと判断しました」

「なるほど。理解したっす」

頷《うなず》きで、笹木《ささき》は納得を示した。

「おつかれぇ！　にっしー！　遊びに来たよ！」

直後。元気な声を響かせながら、尾田《おだ》が入室。言動からして、笹木が登校することは知っていた模様。僕は丁寧に返す。

「……お疲れ様です」

一方、軽く会釈しただけの笹木。彼に対し、尾田は芝居がかった動作で詰め寄った。

「おらおら一年！　声が聞こえないよ！　おらおらぁ！」

「おらおら煩《うるさ》いっす。自己主張の強いチンピラっすか？」

やや前時代的なコミュニケーションに、笹木が眉根を寄せる。こう見えて、二人の相性は悪くない。彼は文面以外のところでデレるタイプだからな。

尾田が、笹木の両肩に手を置き、にやにやと笑いながら聞いた。

「分かってるんだよ。構ってほしいから、反抗的な態度取ってるんでしょ？」

「ち、違うっす。イタい勘違いしないでほしいっす」

不満げながら、笹木はされるがままになっている。顔を逸《そ》らすだけで、抵抗する素振りもない。

尾田の指先が、笹木の鎖骨をねっとりと撫《な》で上《あ》げる。彼は艶っぽい声を漏らした。

「お、尾田先輩。ジブンが男だってこと、忘れてないっすか？」

「にっしーが男？　面白い冗談だね～」

「冗談じゃないっす！」

懸命な訴えを無視して、笹木の耳元へ口を寄せた尾田が、柔らかな吐息を吹きかける。

びくんっと、笹木は全身を跳ねさせた。

彼は顔を真っ赤にして、涙目で僕に乞う。

「や、八神《やがみ》しぇんぱい、たしゅけて……！」

「尾田さん、やりすぎですよ」

「はーい、さーせーん」

僕の声で興が削《そ》がれたとばかりに、あっさり笹木から離れる尾田。

そのタイミングで、扉が開く。

現れたのは、友禅《ゆうぜん》だった。まだ顔の赤い笹木《ささき》が、姿勢を正して挨拶する。

「ゆ、友禅先輩、こんちはっす」

真顔の友禅が首を傾《かし》げた。

「……顔、赤いわよ。風邪気味？」

「いや、何か、この部屋、暑くて……」

「そんなに暑いかしら？」

不思議そうに室内を見回す友禅。

流石《さすが》に笹木を庇《かば》おうと思ったのか、尾田《おだ》が声を上げる。

「友ちゃん！　一緒に、にっしーで遊ぼ！」

喜色満面の尾田を見て、友禅は深々と溜《た》め息《いき》を吐《つ》いた。

「……そういうの、本当に後輩から嫌われるわよ？」

「そうなの!?」

笹木の方へ、泣きそうな面持ちを向ける尾田。彼は唇を尖《とが》らせて呟《つぶや》く。

「いや、別に、嫌いにはならないっすけど」

「笹木君、尾田さんを甘やかすのは止《や》めなさい。彼女、褒《ほ》めると伸びないタイプだから」

「そんなことないよ！　褒めれば褒めるほど伸びるよ！　もっともっと優しくして！　甘やかして！　愛して！」

内容はともかく、会話が弾んでいる。入り込む余地がない。

孤独の観測者と化したタイミングで、あることに気づいた。

およそ一週間ぶりに、現生徒会の基本メンバーが揃《そろ》っている。正式にはもう一人いるのだが、参加頻度は極めて低い。参加する際も、リモートがメインであり、登校することはほとんどない。

『おはようございまス』

一瞬、彼女のことを考えていたから、声が聞こえたように錯覚したのかと思った。否と言わんばかりに、机上にあるパソコンの画面が点灯。

漂白したかのように真っ白い、広々とした殺風景な部屋と、ゲーミングチェアの上で体育座りする、ジャージ姿の女子が映った。

眩《まばゆ》く輝く金髪のツインテール。ワインレッドの瞳。身体《からだ》は小柄で、フランス人形のような顔立ちをしている。

堂本奈乃《どうもとなの》。役職は書記。ミドルネームは【リンドバーグ】。

幼少期から無類のゲーム好きであったそうだが、プレイング自体は凡庸。僕より弱い。

ただ、それをどうしても容認できなかった彼女は『絶対に自分が勝てるゲームを作って、それを世界的に流行《はや》らせれば良いのだ』と考えた。

結果、数百ものゲームアプリを個人で制作してリリース。そのうちのいくつかは世界的

なヒットを収めた。通称、クソゲー・プリンセス。

現在は、世界各地から優秀なエンジニアを集めて、大規模なチームを組み、完全トップダウン方式で新作ゲームを作り続けている。世界的に人気のゲームで、自分が圧倒的なナンバーワンになるまで作り続けるつもりらしい。

ちなみに【勝ちたいならゲームの練習をしろよ】は禁句だぞ。

仕事の質においても、量においても、彼女に勝るエンジニアはこの世に存在しないとまで言われている。次代を担う、小さき怪物なのだ。

なぜ、そんな天才が、生徒会に在籍しているのか。そもそも高校に通う必要があるのか。

入学当初の彼女に尋ねたら、こんな返事が返ってきた。

「生徒会長になっテ、生徒を使ってゲームしようと思ったんデス」

堂本《どうもと》は目を輝かせて言う。

「ただのゲームじゃありませン。ナノの、ナノによる、ナノのためのゲームデス。昨今、コンプライアンスの関係で大手メディアでは出来なくなってしまっタ、過激デ滾《たぎ》ルゲームを思う存分やりたいんデス」

落ち着け。僕の隣のヤバい奴《やつ》。

「あト、この学校なラ、いっぱい生徒が退学してモ、許されるかと思っテ」

聞き捨てならなかった。彼女の正気を疑う。

「でモ、最初の会長選は出馬できませんでしタ。気づいたラ、応募受付が締め切られてテ」

今の所、生徒会長に相応《ふさわ》しい要素が欠片《かけら》も見当たらない。

「それデ、ウミカさんに相談したラ『とりあえず、今期は役員として生徒会に入って、雰囲気だけでも確認してみたら？』って言われましタ。『なっちゃんがいたら、あたしの仕事が楽になりそうだし』とも言ってましタ」

働け庶務。本音を飲み込む。

「……あト、あの人と一緒だったラ、楽しいかもと思ってテ」

頬《ほお》を染めて付け加えた彼女の姿に、当時の僕は不思議と恐怖を覚えた。

ていうか、尾田《おだ》、何者だ。

そんな会話を思い出しながら挨拶。

「堂本《どうもと》さん、こんにちは。来てくださったんですね」

丁重な挨拶に、目を細める堂本。

『錬理《れんり》サンが呼んだんですヨ。忘れたんデスか？』

「勿論《もちろん》、覚えていますよ。パズルゲームの対戦モードで、僕が堂本さんに勝利したことも」

『……ファッ○ユー・ア○・○ール』

今後、英語圏の姉妹校と関わる予定が多数あるので『その口癖は、二度と使わないでください』と何度も注意しているが、直らない。おそらく、直す気がない。

不真面目な堂本が、画面越しの生徒会室を見回す。

画面に映った彼女を視認した途端、尾田は大きな瞳を輝かせた。

「なっちゃーん！　お疲れー！」

『お疲れ様デス』

若干、声を弾ませる堂本。笹木《ささき》と同じかそれ以上に、彼女は尾田を慕っている。

というより、尾田が人たらしの天才なのだ。僕より生徒会長に向いている。

敬愛する先輩への挨拶を済ませた堂本は、友禅《ゆうぜん》の方へ視線を移す。彼女は微笑で応じた。

「お疲れ様」

若干の間を置いて、堂本がおそるおそる尋ねる。

『……怒ってますカ？』

「それ、いつも聞くけれど、私、そんなに不機嫌に見える？」

『見えまス』

即答。友禅が寂しげに前髪を弄《いじ》った。

彼女を嫌っている訳じゃないと思われるが、いまいち距離が縮まっていない印象。

余談だが、友禅のミドルネームは【ジャンヌ】だ。『絶対に他言するな』と釘《くぎ》を刺されている。

山場を越えたとばかりに息を吐いた堂本は、最後に笹木にも挨拶した。

『お疲レ』

「僕だけ対応が雑だな」

『同級生だからネ』

堂本《どうもと》はすげなく返す。一方の笹木《ささき》も、さほど気にしていない様子だ。二人の関係は、良い意味で熱っぽくない。

久々の全員集合。内心で喜ぶ僕に、尾田《おだ》が言う。

「今日は【相談】が一件あるよ。レン君、忘れてない？」

「勿論《もちろん》です」

相談者の情報を思い出していると、笹木が何気なく呟《つぶや》いた。

「そういえば、今朝、一年B組で喧嘩《けんか》があったみたいっすよ」

笹木の発言に、眉根を寄せる尾田。

「また？　何か、最近多くない？」

その意見に胸中で同調した。二週間で三件。若干、気にかかる発生頻度だ。僕は笹木に尋ねた。

「痴話喧嘩ですか？」

「はいっす」

「なぜ分かったの？」

友禅《ゆうぜん》の問い。僕は粛々と返す。

「順を追って説明しましょう」

十秒ほどで思考を整理し、自説をまとめた。

「明蹟《めいせき》学園の最寄り駅に停《と》まる、某路線のダイヤが改正されたことはご存知《ぞんじ》ですか？」

「うん。朝と夕方は、ザコい駅をすっ飛ばすことにしたんだよね？」

尾田の発言に同意しないよう注意しつつ、話を前へ。

「それによって、四割弱の生徒が、下校の際に三〇分以上、電車の到着を待たなければならなくなってしまいました。バスの発着時刻が、微妙に噛《か》み合《あ》わないからです」

あるいは、駅構内の飲食店で金を使わせたい運営側が、あえて発着時刻にずれを作っているのかもしれないな。よし、近隣のバス会社と連携し、無料の学生用送迎バスを運行させよう。

「ところで、最近、駅の付近に店舗を構える個人経営のカフェが、かなり繁盛していることはご存知ですか？　窓際の席から、バスのロータリーを眺めることができるお店です」

通学時、バスを利用する笹木は、思い当たる節がある様子。僕は続ける。

「繁盛している様子に釣られて、僕も何度か利用したことがあります。利用客の大部分は、若い女性の団体客でした。さらに言うと、一六時〜一八時に限れば、明蹟《めいせき》学園の女生徒が占める割合は跳ね上がります」

　正直、男性一人での長時間の利用には不向きだ。

「つまり、ダイヤの改正に伴って、一部の女生徒の行動パターンに変化が生じ、駅前に滞在する時間が長くなったから、カフェの客入りが良くなったのです。何らかの心理的効果によって、あの店を選びやすくなっているのだと思われます」

　一区切りついた所で、皆の様子を確認。一応、呆《あき》れられてはいない。と思う。

「ただ、そんな変化は些細《ささい》なことです。電車を使わず、バスだけを利用する生徒も多いため、一部の生徒がその変化に気付かなかったとしても、不思議はありません。また、店の内装はピンク主体のファンシーな雰囲気。客層を抜きにしても、男性だけでは、やや入りにくい店構えです。直接的に店の間取りなどの情報を仕入れることも、難しいでしょうね」

　カフェが、映《ば》えるメニューやカップル向けの商品を用意していれば、浮気をしていた男子生徒も知る機会はあったかもしれないが、そういう趣向の店ではなかった。

「ゆえに、迂闊《うかつ》な浮気者と、その恋人との遭遇率が上昇し、しばしば痴話喧嘩《げんか》が発生するようになった。だから、今回も同じパターンだと推測したんです」

「ほえー。何か説得力あるかも」

　感心する尾田《おだ》。その背後の扉が開かれた。

【相談】にやって来たのは、黒の短髪とシルバーのネックレスが良く似合う、活動的な印象の女生徒だった。予約フォームの備考欄に記された文章が、やたらと感嘆符《!マーク》で彩られていたことを思い出す。イメージ通りの人物が来たな。

ちなみに、【相談】の受付は、学校公式ＨＰの関係者専用受付フォームにて随時募集している。皆、どしどし応募してくれよな。

心中で呟《つぶや》きながら、恭しく自己紹介する。

「初めまして。生徒会長の八神《やがみ》です」

「二年Ｂ組の奥井《おくい》。よろしく」

「早速本題ですが、相談の内容は？」

「……恋愛相談」

「レン君に!?」

失礼な反応を隠そうともしない尾田。彼女の暴挙は続く。

「話を聞いてほしいだけなら、こんな奴《やつ》に頼らない方がいいよ？　時間の無駄だよ？」

物言いこそ最悪だが、意見自体はもっともである。対する奥井は渋面で応じた。

「ただ話を聞いてほしいだけなら、友達に頼るよ。けど、今日は私、本気で悩みを解決したいの！　お願い！」

　全身から熱意が伝わってきた。無言で頷《うなず》き、詳細を話すよう促す。

「半年前から付き合ってる彼氏との関係が、上手《うま》くいってないの」

「具体的には、何が上手くいっていないのでしょうか？」

「彼、記念日を忘れたり、私よりも部活の友達を優先したりするの。連絡の頻度も、少しずつだけど確実に減ってる。……最近、浮気が原因で揉《も》めるカップル多いし、たっくんも浮気してるのかも」

　乏しい根拠で、安易な結論を出そうとしている。不安が彼女の視野を狭めているのだ。

　簡潔に、端的に、回答した。

「彼氏さんは浮気していません。そして、貴方《あなた》は彼と別れるべきです」

「……は？」

　呆《ほう》けた声を発する奥井《おくい》。順に説明する。

「まず、疑いようのない事実と、無根拠な憶測を分けましょう。彼氏さんが、記念日を忘れてしまったことや、部活の友達を優先したこと、こまめな連絡を怠っていること、これらは事実ですよね？」

「う、うん」

「一方、浮気が原因で揉めるカップルが増加傾向にあることは、貴方たち二人とは無関係の現象です。よって、貴方の彼氏が浮気している根拠にはなり得ません」

「……そうかも」

不満げながら、頷く奥井。僕は続ける。

「次の質問です。貴方は【彼氏との関係が上手くいっていない】とおっしゃいましたが、そう判断するに至った理由を教えてください」

「だから、記念日を忘れたり、部活の友達を優先したり」

「それは単なる事実です。関係の悪化を証明する根拠ではありません」

「……」

「思うに、貴方は起きた出来事を、ただネガティブに捉えているだけなのではないでしょうか？」

奥井が、無言でこちらを睨《にら》みつけた。

「記念日の失念や連絡頻度の減少は、彼の本性が露呈した結果だと思われます。そういう部分を受け入れることが出来ないのであれば、無理して一緒にいるべきではありません」

多くの生徒と同じく、奥井は憤りを示した。

「解決になってないよ！　私は、どうすれば彼が変わってくれるか知りたいの！」

「本音が出ましたね」

こういうパターンが多々あるため、特別な事由がない限り、【相談】はオフラインで行うことにしている。

明蹟《めいせき》高校の生徒はなまじ賢く、文章力も高いため、事実を恣意《しい》的に歪《ゆが》める可能性が高いのだ。それを見抜こうと思ったら、対面での問答は必須。

実際、【相談】の場に限らず、悪感情に染まった秀才たちが、あの手この手で謀《たばか》ろうとしてくるため難儀している。大抵はその場しのぎの浅知恵だが、中には【ガラスを割った責任から逃げるためだけに、そこまでするのか】と驚かされたり【そこまでして屋上に行きたいか】と執念に脱帽してしまったりすることもある。

おっと、思考が逸《そ》れたな。

面食らった様子の奥井《おくい》に、僕は淡々と言う。

「貴方《あなた》は、自分の相談と言いつつ、相手を変えようとしている。恋人を、自分の支配下に置こうとしている。その考え方を改めない限り、どんなパートナーとも良好な関係は築けませんよ」

予想通り、奥井は感情的に反発した。

「そ、そんな風に考えてないし！」

「世に名高い暴君たちが、自ら望んで暴君になったと思いますか？」

皮肉交じりの問いを受けて、奥井が黙り込んだ。

「避けるべきは、相手の変化に期待することです。基本的に、自分以外の人間は、自分の思い通りになど動きません」

見当はずれなことを言ったつもりはないが、奥井は不満顔を浮かべている。

そこで、彼女に質問してみた。

「たとえば、世の中には、恋人から平気な顔で金品をせしめる人間がいます。貴方の彼氏は、そういう人間ですか？」

「ち、違う！　先月の誕生日にはプレゼントくれたし！」

即座に否定する奥井。更に問いを重ねる。

「また、恋人に暴力を振るう人間も存在します。貴方の彼氏は、そういう人間ですか？」

「……違うけど、それって極論じゃない？　比較対象として相応《ふさわ》しくないでしょ」

僕の意図を理解したのか、奥井が唇を尖《とが》らせた。

「つまり貴方は、それくらいの善性は当然だと、あって当たり前だと、考えているんですね」

あえて、やや攻撃的な言葉選びをした。きっと、その方が伝わるタイプの相手だ。

奥井が声音を低くする。

「そういう、下を見て安心する、みたいな考え方は、好きじゃない」

「それは綺麗事《きれいごと》です。下も上も見て、見識を広げた方が良いに決まっています。自分の中に幸不幸の軸があれば、どちらを知った所で感情は揺らぎませんよ」

この意見に対する反論はなかった。

「まずは、相手への期待値を下げることから始めるべきです。断言はできませんが、話を聞く限り、そう悪い彼氏じゃないと思いますよ」

「……確かに、ちょっと間抜けなだけで、そんなに悪い人じゃないかも」

「どうしても譲れない軸を二つほど用意し、それを相手に伝えて、折り合いが付かなければ別れる、というスタンスを取るのが無難でしょうね」

「……分かった。やってみる。ありがとう」

立ち上がった奥井《おくい》に、低い声音で尋ねた。

「ひょっとして、彼氏さんはサッカー部員ですか？」

彼女は目を見開き、震え声で問い返す。

「そ、それ聞いてどうするの？　目的は何？」

「実は最近、各部活動に支給した設備や備品について、使用した感想を聞いて回っているんですが、ほとんどの生徒は僕に気を遣って、上辺の褒《ほ》め言葉ばかり口にするんです。しかし、そういう方々も、部員の友人や恋人に対しては、本音を言っている可能性が高い。ゆえに、部員に近しい方々からの意見も集めているんです。ご協力いただけませんか？」

僕の嘘に納得したのか、警戒の色を薄める奥井。

「……答える前に教えて。どうして、サッカー部員だって分かったの？」

問われて、僕は奥井の首元で光るネックレスを指し示した。

「先日、サッカー部員の恋人と思わしき女生徒四人が、貴方《あなた》と同系統のシンプルなネックレスを提げていることに気づきました。あのブランドが、高校生の間で流行《はや》っているという話は聞いたことがありません。女生徒らの間に深い交友関係はなく、友人同士で贈り合ったという線も薄い」

徐々に、彼女の表情が強張《こわば》っていく。

「不思議に思って、調査した結果、そのネックレスは例外なく、サッカー部のマネージャーである柿沢《かきざわ》さんの勧めで、サッカー部員が購入し、恋人にプレゼントしたものでした。女性が喜ぶ贈り物について、近しい女生徒である柿沢さんから、アドバイスを貰《もら》ったのだと思われます」

もはや、奥井の顔には恐怖さえ浮かんでいた。が、ここで話を打ち切るわけにもいかない。やむなく続ける。

「そのネックレス、彼氏さんから貰ったプレゼントですよね？」

閉口した奥井が、ネックレスを軽く撫《な》でる。事実上の肯定だった。

数秒後。彼女の口から本音が漏れた。

「……キモいホームズじゃん」

「……」

「あっ、ごめん。つい本音が」

「お気になさらず」

気にしていない。全然。全く。微塵《みじん》も。毛ほども。

悲哀の感情を無視して続ける。

「それにしても、サッカー部の名前は久々に聞きましたよ。数か月前までは、他の運動部と【グラウンドの使用日時を、どういった具合に振り分けるか】について、頻繁に揉《も》めていたのに」

大きな喧嘩《けんか》を仲裁した回数は一〇回以上。個人レベルの口論も含めると、三〇回近い諍《いさか》いが起きていた。ある意味、生徒会の得意先だ。

しかし、最近は話題にすら上がらない。その件に関して、奥井《おくい》は私見を述べた。

「野球部も陸上部も、いきなり手を引いたみたい。……生徒会が、野球部と陸上部の部費を増額して丸く収めたって噂《うわさ》、マジ？」

「デマです」

僕の威厳が足りないからか、この手のデマはしばしば流れる。もう慣れた。もはや、感情を揺さぶられることはない。だから、二度とやらないでくれ。

心中で懇願していると、奥井がおそるおそる尋ねてきた。

「……そういえばさ、庄山《しょうやま》先輩のこと、聞いてる？」

庄山先輩とは、前回の生徒会選挙にて僕と争った、庄山倫太郎《りんたろう》のことだろう。庄山という姓を持つ上級生は、彼だけだったはず。

「庄山先輩のこと、と言いますと？」

奥井が眉根を寄せる。

「生徒会選挙の後、お父さんに、生徒会長になれなかったこと、めっちゃ責められたんだって。『情けない』とか『一族の面汚し』とか『二度と本家の敷居を跨《また》ぐな』とか言われたらしいの。ひどくない!?」

「青少年の保護者にあるまじき言動ですね」

感情的な意見じゃない。どう考えても、教育上、不適切なアクションだ。

学外から生徒会への干渉がほぼ不可能になった今も、名家の年配者には、明蹟《めいせき》学園生徒会長の肩書に拘泥する人間が少なくない。

そして、この手のタイプは、僕みたくルールにメスを入れようとする若輩者を、やたらと嫌う傾向が強い。要するに、僕は全年代からの支持率が低いのだ。

「実際、先輩もかなりショックだったみたい」

悲嘆に暮れていると、彼女はブレザーのポケットから携帯電話を取り出し、高速で操作した後、僕も確認できるよう机上に置いた。

「これ、庄山先輩の、ＳＮＳの裏アカ。生徒会選挙が終わった直後に投稿されたやつ」

『辛《つら》い』『苦しい』『死にたい』などのネガティブな単語が、画面を埋め尽くすように表示されている。見ているだけで気が滅入《めい》った。

「ね？　病んでるでしょ？　それでも、親とか周囲の悪口は、全く書かないの。マジ良い人だよね」

首肯で同意を示しつつ、気になったことを尋ねる。

「これは、スクリーンショットですね。なぜ、わざわざ画像として保存したのですか？」

「あたしがやった訳じゃないよ。友達から送られてきたの。この裏アカ、非公開設定になってるから、直接は見れないし」

「なるほど。……確かに、この文面は、非公開設定のアカウントで投稿した方が良さそうですね」

僕の呟《つぶや》きを聞いた奥井《おくい》が、慌てて補足した。

「あっ！　違うの！　会長を交代しろって言いたい訳じゃないの！　八神《やがみ》が会長やってること自体に不満はない！　これ、本当だから！」

「気にしないでください。どんな意見を抱こうと、各人の自由です」

「むしろ、八神が生徒会長になって良かったと思ってる。……あの頃の庄山《しょうやま》先輩、ちょっと怖かったし」

これまた同意だ。関係性の薄い僕でも一目で分かるほど、あの時期の庄山先輩は殺気立っていたからな。

ただ、ＳＮＳの投稿から、そういった部分は感じ取れない。

「――これは、本当に庄山先輩の裏アカウントでしょうか？　見た所、短文の投稿ばかりで、庄山先輩だと特定できる情報が、一つも見当たりませんが」

僕の疑問に、苦笑する奥井。

「そりゃそうでしょ。裏アカなんだから」

「では、このアカウントを、庄山先輩の裏アカウントだと判断した根拠は何ですか？　信頼できる人間からの情報ですか？」

「それは、その、皆が言ってるから」

「皆とは、庄山先輩に近しい方々でしょうか？　とすると、彼ら彼女らは、何を根拠に庄山先輩の裏アカウントだと判断したのでしょうか？」

奥井が返答に窮した。

「他にも気になる点はあります。投稿内容が、不自然なくらい、炎上する要素を避けています。まるで、裏アカウントの存在が周知されていることを、理解しているかのような投稿内容です」

「……つまり、何が言いたいの？」

「庄山先輩ではない第三者が、彼を騙《かた》っている可能性があります」

「ええ⁉」

奥井《おくい》は驚愕《きょうがく》に表情を歪《ゆが》める。

……この反応からして、あの事件には触れない方が無難か。

僕は推測を述べた。

「しばらくの間、庄山《しょうやま》先輩になりすまし、皆がこのアカウントを庄山先輩の裏アカウントだと信じきったタイミングで、致命的な悪評を投稿しようとしているのかもしれません」

「ヤバいじゃん！　早く庄山先輩に知らせないと！」

立ち上がろうとする奥井を引き止める。

「待ってください。仮に悪意を有する第三者がこのアカウントを運用していた場合、今この瞬間にも、庄山先輩の悪評を流布することが出来てしまいます。刺激してはいけません」

「じゃあ、どうすればいいの⁉」

「幸い、現時点で目立った動きはありません。我々が勘づいたことを、相手に気取られないよう注意しましょう。並行して、生徒会でも調査を進めます」

「う、うん」

神妙な面持ちで奥井は頷《うなず》いた。

「それと、このアカウントに限らず、裏アカウントの情報は、過度に信じないよう注意しましょう」

「わ、分かった！」

そんな具合で、本日の相談は終了と相成った。

奥井が退室し、足音が聞こえなくなったタイミングで、尾田《おだ》は絶叫した。

「長っ！　最後の質問から喋《しゃべ》りすぎ！」

すかさずフォローを入れる。

「彼女があれだけ喋ったのは、帰ろうとした際に、僕が話しかけたからです。責任は僕にあります。僕を責めてください」

「【私は卑しい豚野郎です】とお言い！」

「言葉責めを求めた訳ではありません」

僕に罵詈雑言《ばりぞうごん》をぶつけても、尾田の溜飲《りゅういん》は下がらない。

「あと、サッカー部の男子がムカついた！」

「なぜですか？」

「プレゼントの選び方が適当だからだよ！　マネージャーに勧められたものを、ただ機械的に買ってるだけ！　気持ちが全然こもってないよ！」

「気持ちを込めた結果、渡される側の満足度が下がってしまっては、本末転倒ではないでしょうか？」

　相手の都合も考えず、感情任せに物を贈りつけることなど、あってはならない。

　僕の言葉を受けて、尾田《おだ》の語気が一層荒くなる。

「そういう問題じゃなくない⁉　少々ダサくたって、彼氏が自分に似合うと思って、頑張って選んでくれることが嬉《うれ》しいんじゃないの⁉」

「ネックレスを貰《もら》った女性陣は、そういう風に選んでくれたと思っていますよ？」

「選んでないじゃん！　嘘《うそ》じゃん！」

「誰も傷つけない幸せな嘘です」

　目尻を吊《つ》り上《あ》げた尾田が、こちらへ人差し指を突き付けてきた。

「じゃあ、レン君は、バレなければ浮気してもいいと思ってるんだね⁉」

　詰問に困惑を隠せない。

「どうして、そういう結論に至るんですか？」

「誰も傷つけなければ、嘘を吐《つ》いてもいいと思ってるんでしょ⁉　そんな考え方の人、浮気するに決まってるよ！」

　とんでもない暴論だ。

　何と返そうか、言葉を練っていると、友禅《ゆうぜん》が誰にともなく呟《つぶや》いた。

「……そういえば、友人が、浮気のボーダーラインについて気にしていたわ」

笹木《ささき》が彼女に聞く。

「いつものご友人っすか？」

「ええ、そうよ」

僕も尋ねた。

「ご友人は、件《くだん》の男子と付き合うことになったのですか？」

「限りなく恋人に近い友人関係に発展したそうよ」

これまた怪しい表現だ。訝《いぶか》しんでいると、尾田が勢いよく挙手した。

「いちいち【友人】って呼ぶのダルいから、便宜的に【友ちゃん】と呼ぼう！」

提案に、友禅が眉を顰《ひそ》める。無理もない。それは、尾田が友禅を呼ぶ際のあだ名そのものだ。

「……なぜ？」

「分かりやすいから！」

「むしろ分かりにくくなっているわ」

ふくれっ面の友禅が、つい先日の僕と全く同じことを言う。

不機嫌な彼女を放っておくわけにもいかないので、僕は話を戻す。

「浮気のボーダーラインは、個々人の価値観によって異なるため、一概には決められません。にも拘《かか》わらず、そうやって他人が境界を決めようとすることこそ、争いの原因なのではないでしょうか？」

「それでいいじゃん！　もっと争おうよ！」

尾田《おだ》が、バトル漫画の戦闘フリークみたいなことを言い出した。

お望みとあらば、やってやろうぞ。一種の思考実験だ。

「……今まで、考えたこともありませんでした」

幸か不幸か、考える必要に迫られたことがない。

真っ先に意見を表明したのは、話題を提供した当人だった。

「二人きりで一緒に遊びに行ったらアウト！　これでしょ！」

尾田が、正義は我にありと言わんばかりの形相を浮かべている。

意見自体に大きな違和感を抱いた訳じゃないが、ボーダーラインを探るため、反対してみた。

「厳しくありませんか？」

「いやいや！　二人きりは駄目だよ！　友ちゃんも、そう思うよね！」

友禅《ゆうぜん》が腕組みして首肯する。

「恋人がいながら、異性と二人きりで会うのは、感心しないわね」

「なぜ僕を見るんですか？」

今後、僕が過ちを犯さないよう、善意で忠告してくれているのか？　あまり自分で言いたくないが、徒労だぞ。

何にせよ、おおむね同意見なので、受け入れることにした。

「分かりました。今後は不用意に女性と二人きりで出かけないよう、気を付けます」

「八神《やがみ》君に限っては、恋人がいないから、女性と二人きりで出かけても問題ないわ。だから、積極的に周りの女性と二人きりで出掛けるべきよ」

目にも留まらぬ速さの手の平返し。状況把握に数秒を要した。努めて平然と返す。

「機会が無いんですよ」

「機会は自ら作るものよ」

そこまで言うなら、友禅が一緒に遊んでくれ。と言えば、断られて傷つくことは自明の理。それが分かっていながら言葉にするほど、僕は愚かじゃない。

感情的な行動を、賢明な判断で控えた賢者もとい僕の傍らで、笹木《ささき》が声を上げた。

「手を繋《つな》いだらアウトじゃないっすか？」

確かに、意識的に手を繋ぐという行為には、特別な意味が生じるかもしれない。賛成の意を示す。

「なるほど。不用意に女性の手を触らないよう、気を付けないといけませんね」

「手を触るのはセーフよ。単なるスキンシップの一環でしかないわ。だから積極的に触るべきだと思う」

友禅《ゆうぜん》の言葉に、思わず眉を上げてしまった。

「随分と寛容なんですね」

「そ、そうかしら？　普通よ」

そっぽを向いた友禅が、意味深に右手で左手の甲を撫《な》でた。

なるほど。友禅が寛容なのではなく、僕の価値観がズレているのか。誤った常識に基づく発言は、感情先行の浅慮な言動と大差ない。注意せねばな。

手を繋《つな》ぐことも、満場一致の浮気じゃない模様。そろそろ、全員が『それはアウトだ』と言い切れる境界を提示すべきだろう。あえて僕は言った。

「キスをしたら浮気と考えておくのが、最も分かりやすいのではないでしょうか？　こと日本において、キスに下心が無いと主張するのは、無理があるでしょう」

「わ、私は恋人がいたことなど一度もないわ。だからキスしても浮気にはならないわ」

「論点がずれていませんか？」

友禅の主張に、堪《たま》らず疑問を挟み込んだ。

「それに、自分に恋人がいなかったとしても、相手側に恋人がいた場合、浮気を幇助《ほうじょ》したことになるのではないでしょうか？」

瞬間、ほんのり赤かった友禅の顔から、血の気が失《う》せた。

「……八神《やがみ》君、恋人いるの？」

「なぜ、いきなり僕の話になったのかは分かりませんが、いませんよ」

「……へ、へぇ。そう。いないのね」

わずか数秒で、友禅の顔に生気が戻った。あからさまに口角が上がっている。

「僕の非モテっぷりが、そんなに可笑《おか》しいですか？」

「可笑しいわ。どうしようもないくらいに」

最低な台詞《せりふ》を言いながら、それを帳消しにするほどの眩《まぶ》しい笑顔を浮かべる友禅。

論理的理由は無いにも拘《かか》わらず、しばらく目を離すことが出来なかった。

4 【攻撃は最大の防御】という言葉は使い勝手が良い

本日の業務も、ようやく佳境。ソファに腰かけたまま、軽く伸びをした後、首周りのストレッチも兼ねて生徒会室を見回した。

壁掛け式のデジタル時計は、一六時半を示している。窓から見えるクスノキの側面が、夕焼け色を帯びていた。

右隣には笹木《ささき》。その反対側には尾田《おだ》。僕の前には友禅《ゆうぜん》が座っている。大型モニターには、ゲーミングチェアの上で胡坐《あぐら》をかき、携帯型ゲーム機を操作する堂本《どうもと》が映っている。昨日と同じく『ゲーム勝負で僕が勝ったら、生徒会に顔を出していただけませんか？』と持ち掛け、僕が勝利したため、しぶしぶ参加しているのだ。

二日連続の出席率一〇〇%。正直、嬉《うれ》しい。

だが、感情を露骨に表出させると、笹木や堂本が『遠回しに出席を強いられている』と感じるかもしれない。それだけは避けねば。

懸命に頰《ほお》の緩みを堪《こら》えていると、笹木が聞いてきた。

「一七時からっすよね？　今日の【相談】」

「その予定です。何か不都合でも？」

「いや、割と時間あるなぁと思っただけっす」

「予定があれば、先に帰って頂いても構いませんよ？」

「別に大丈夫っす」

携帯電話を眺めながら、無表情で返す笹木。心中を読み取ることが出来ない。

長い沈黙の末、彼は本意を述べた。

「……この学校の女子って、全体的にスカート短くないっすか？」

「変態！」

すかさず叫ぶ尾田。笹木は渋面を浮かべる。

「誰も尾田先輩のことなんか見てないっす」

「嘘《うそ》だ！　あたしの体育着姿を見たいがために、二日連続で学校に来たクセに！」

「だから、違うって言ってるじゃないっすか」

「じゃあ何で来たの⁉　今朝、電話した時は行かないって言ってたじゃん！」

「臼田《うすだ》先生に頼まれて来たんすよ。査読の前に、論文を読んでほしいって」

「嘘だね！　言い訳だね！」

笹木の説明を、尾田はすげなく突っぱねる。

余談だが、臼田先生は、笹木と親交が深い唯一の教員だ。担当科目は数学。

かつては某大学院の博士課程にて、日々研究に没頭していたそうだが、経済的な事由から、一度は研究者の道を断念したそうだ。

そう聞くと、何だか悲運の天才みたく感じるかもしれないが、実際は【悪質なクレーマーを極限まで怒らせる方法】や【下部に小銭が入り込みやすい自動販売機の特徴】などのくだらない論文を量産し続け、留年や休学を繰り返した末、学費未納で学校から追放されたのだ。自業自得だ。

そんな臼田《うすだ》先生は現在、転職を考えているらしい。

彼が退職すれば、ますます笹木《ささき》は学校へ来なくなりそうだな。不安に駆られる。

そんな彼を、尾田《おだ》が傲然と指さした。

「にっしーは、正しく自己を認識した方がいいよ！　毎日女子のスカート丈をチェックしてる、陰険で陰湿なド変態め！」

「陰険と陰湿は、尾田先輩の感想でしょ」

呆《あき》れ交じりに返す笹木。

「あと、別に毎日スカート丈をチェックしてる訳じゃないっす。クラスのグループチャットに載ってた写真を見て、ふと思っただけっす」

「自分が写ってないクラス写真を見て女子の服チェックしてるの、本当に怖い。引く」

「写っていないと決めつけないでくださいっす！」

「写ってるの!?」

驚愕《きょうがく》する尾田に、笹木が堂々と携帯電話の画面を見せつけた。

「写ってないじゃん！　何で一回歯向かったの!?　バカなの!?」

「尾田先輩が決めつけただけっす！」

「ていうか、皆、このスカート丈で歩き回ってるの!?　えちえちすぎるよ！」

「ぶっちゃけ、普段の尾田先輩との差が分からないっす」

笹木の発言を受けて、尾田が立ち上がった。スカートの裾を折り、眼前で丈を変えてみせる。

「あたしのスカート丈はこれ！　この写真の女子たちはこれ！　ほら！　全然違う！」

「その二〜三センチで防御力が変わるとは思えないっす」

「そんなこと言い出したら、にっしーも相当えちえちだよ！」

「そんなことないっす！」

笹木がえちえちか否か。興味深い議題だ。

口論は尚《なお》も続く。

「てか、ジブンはそこまで短くないっす。中にショートパンツ穿《は》いてるし」

「卑怯者《ひきょうもの》！」

「どの辺りが!?」

「こっちはリスクを背負って可愛《かわい》さに特化した恰好《かっこう》してるんだよ！　ショートパンツは邪

道だよ！　脱げ！」

「全ショートパンツ愛用者に土下座してくださいっす」

リスクとリターンは比例しない時もある。リスクばかりでリターンが無いことなど、日常茶飯事だ。

閑話休題に脳のリソースを割いていると、それまで静観していた友禅《ゆうぜん》が咳払《せきばら》いした。

「スカート丈を、校則で厳格化すべきじゃないかしら？」

「必要ありません。あれもまたファッションの一種であり、自己表現です」

「らしくないわね。ルールで縛らなくていいの？」

「縛るに足る論拠がありません」

断じて、邪《よこしま》な感情ゆえに規制を緩めている訳じゃないぞ。

「あんなもの、自己表現とは呼べないわ。ただの恥さらしよ。自ら傷口を広げる前に、止めてあげるのが、本当の優しさじゃないかしら？」

刺々《とげとげ》しい口調で、彼女は切り出す。

「これは、友人の話なのだけれど」

「はいはい」

「制服を和装に戻してほしいと言っていたわ」

つまり【自分が会長を務めていた時代の恰好《かっこう》に戻せ】と主張しているのか。

最初に反応したのは尾田《おだ》だった。

「和装はもう嫌だ！　あれ、現代の交通ルールで長距離移動するのキツすぎ！　ほぼ拷問だよ！」

「ジブンも勘弁してほしいっす。あの恰好の学生が一気に登下校すると、死ぬほど目立つんで。ぶっちゃけ、自分が入学する前に廃止されて良かったと、心の底から思ってるっす」

『……ナ、ナノは、どっちでもいいデス。どうせ着ないカラ』

笹木《ささき》と堂本《どうもと》も同調する。不評が心底意外だったようで、友禅は目を見開いたまま動かない。

立ち尽くす彼女を置き去りに、尾田が声を張った。

「けど、なっちゃんの和装は見たい！」

『……お母サンに、買ってきてもらいマス』

ゲーム機で、顔の下半分を隠す堂本。笹木が真顔で尋ねる。

「お母さんって、堂本を造った研究者のことか？」

『シャラップ』

画面越しにも圧が伝わるほど、力強い命令。笹木は閉口した。

「この際ですから、皆さんの意見を聞きましょう」

聞くや否や、尾田が元気よく挙手する。

「全アイテムを、ハイブランドで統一しよーよ！　超カッコよくない!?」

「成金趣味が丸見えでダサいっす。却下っす」

即座に返す笹木《ささき》。続けて僕も意見した。

「財力を露骨にアピールするような恰好《かっこう》をしていると、恐喝の対象になりかねません。僕は反対です」

概《おおむ》ね否定的なレスポンスを受けて、尾田《おだ》が頰《ほお》を膨らませる。

「反対するなら、対案を出してよ！」

「僕は現行の制服で十分だと思っています」

「白衣っす。白衣こそ学徒のあるべき姿っす」

「えんどーせんせぇぇぇぇ！　にっしーが大好きだってさぁぁぁぁ！」

「言ってないっす！」

補足。遠藤《えんどう》先生は保健教諭だ。笹木は授業を受けたくないがためだけに、保健室へ頻繁に逃げ込むため、彼女から疎ましがられている。

言い争いの合間を縫って、堂本《どうもと》が呟《つぶや》いた。

『そ、そもそも制服って必要カナ？　あ、あんまり意義を感じたことないケド』

「そりゃそうだろ。お前、家から出ないんだから」

笹木に言われて唸《うな》る堂本。学校側は彼女のリモート出席を公に容認している。より正確に言うと、僕がそういう具合に校則を変えた。

「いやいや、なっちゃんの制服姿、超カワイイよっ！　あれを失うのは大いなる損失だよ！」

　尾田の補足情報を聞いて、笹木は目を瞬《しばたた》く。

「え？　堂本、制服着たことあるのか？　何のために？」

『う、ウミカさんが家に来た時、どうしても見たいって言うからラ、仕方なク』

「……お前、実在したんだな」

『当たり前デショ』

　溜《た》め息《いき》交じりに返しつつ、堂本は持論を述べる。

『ぜ、全生徒がリモートで授業を受ければ、どれだけスカート丈を短くしても咎《とが》められないデスよ』

「つまり、風紀の乱れが顕著になる可能性も高いわね」

　苦言を呈したのは友禅《ゆうぜん》。堂本が眉根を寄せた。

『せ、生徒会といえド、生徒の自室での風紀にまで口出しする権限はないと思いマス』

「あるわ。この学校の生徒会長が有する強権、知らない訳ではないでしょう？」

『……ゆ、友禅サンは、もう生徒会長じゃありませン』

「……」

友禅《ゆうぜん》の表情が一気に険しくなる。口論に発展しかねない雰囲気だ。止めるべきか？

緊張した空気は、尾田《おだ》の一言で弛緩《しかん》した。

「時に、友ちゃん。スカート丈、長くない？」

指摘に、友禅は面食らった。

「そ、そんなことないわ。普通よ」

「試しに、短くしてみようよ！」

「結構」

「ちょっとだけだから！　一回やってみて、嫌だったら戻せばいいだけだから！」

「嫌」

「やる前から拒否するのは違うでしょ！」

激しく主張をぶつけ合う両者。ただ、勝負は長引かなかった。

「この数センチで、気になるあいつもメロメロだよ！」

唐突に、友禅の動きが止まった。彼女は神妙な面持ちで問い返す。

「……本当に？」

「本当！」

「絶対に？」

「絶対！」

断言する尾田。渋面で懊悩《おうのう》する友禅。十秒後。結論は出た。

「……た、退屈しのぎには、なるかもしれないわね」

「よっしゃー！　友ちゃんマジチョロイン！」

「ちょろいん？　どういう意味？」

「最高に可愛《かわい》いっていう意味だよ！」

「呼吸するように嘘《うそ》を吐《つ》かないでください」

反射的に注意すると、尾田は真顔で聞いてきた。

「つまり、レン君にとって、チョロインは可愛くないと？　友ちゃんは、チョロインじゃないと？」

質問の順序に、作為と悪意を感じるぞ。

友禅が、こちらへ不安げな面持ちを向けてきた。仕方なく、尾田が期待する回答で応じた。

「……どちらかと言えば、チョロインにカテゴライズされるのではないでしょうか」

あからさまな嘘じゃない。あくまで主観だが。

チョロイン認定されて、友禅は満足そうに口角を上げる。出来れば死ぬまで本来の意味を知らないでほしい。無理か。

人知れず希《こいねが》う僕の横で、尾田が呟《つぶや》いた。

「何か、すごく悪いことしてる気分」

「逆に、今まで罪悪感を抱いていなかったのですか」

速報。尾田《おだ》はヤベー奴《やつ》。


変えたのは、スカート丈だけじゃない。

髪型はサイドテール。ネクタイは解《ほど》いた上で、シャツのボタンを上から二つほど開けている。赤面して胸元を掻《か》き合《あ》わせる様に、庇護《ひご》欲を掻き立てられた。

腰にはパーカーを巻いており、タイツは普段よりも厚手。上半身とのバランスを取るために、あえて露出を抑えたそうだ。（尾田の談）

友禅《ゆうぜん》、フルモデルチェンジ。彼女はおそるおそる聞いてきた。

「……どうかしら？」

尾田、笹木《ささき》、堂本《どうもと》の順で、銘々に感想を述べていく。

「きゃわいすぎー！」

「何か、素材の違いを見せつけられた気分っす」

『……す、すごく似合ってると思いマス』

肯定的な反応を受けても、友禅の表情は硬いまま。僕に眼差《まなざ》しで感想を求めてきた。

「よくお似合いです。ただ、殊更に脚を露出する恰好《かっこう》での外出は、避けた方が無難だと思いますよ」

この返答を受けて、友禅《ゆうぜん》は『尚更《なおさら》、制服を和装に戻すべきだ』と言い出す。そう予想していた。しかし、実際は違った。

「……それは、他の男に、私を見られたくないから？」

一瞬、理解が遅れた。間に合わせの回答で対応。

「そんなことを強いる権利など、僕にはありません」

「権利、欲しい？」

「遠慮しておきます。莫大《ばくだい》な既得権益は、悪い意味で人を変えてしまいますから」

「その権利は、八神《やがみ》君に莫大な益をもたらすのね」

何故《なぜ》か、友禅がしたり顔を浮かべた。

「……友禅さんの安全が保障されることで、僕の心的ストレスが軽減されますからね」

我ながら、言い訳めいた文言だな。

一七時五分前に、本日の相談者である須崎《すざき》が現れた。丸坊主と凛々《りり》しい顔つきが目を引く美男子だ。

「部活、辞めるか、迷ってんだ」

　彼はぶっきらぼうに続ける。

「オレ、野球部にいるんだけど、一年の頃からずっと補欠でさ。ぶっちゃけ、最後まで続けても、レギュラーにはなれねーっぽいんだよ」

　くだけた口調だが、横柄な印象は無い。どちらかと言えば、素朴な印象だ。

「だから辞めたいと？」

　須崎は力なく首を振った。

「問題はそこじゃなくって、成績がイマイチだってこと。こないだの模試もC判定だったんよ」

　二年生の四月にC判定。慌てるほどの体たらくじゃないと思うが。

「オレなりに、努力してるつもりではあんのよ。ただ、夜八時くらいに帰ってきて、それから勉強しても、単純に時間が足りてなくね？　って感じてんの」

「だから、部活を辞めて、勉強時間を確保したいんですね」

「つっても、部活自体には不満ねーんだよ。チームメイトとも仲いいし。……そのせいで、逆に踏ん切りがつかねーっていうか」

　大まかな事情は把握できたので、早速回答。

「部活動を辞めて、勉学に集中してください」

「……容赦ねーなぁ」

苦笑する須崎《すざき》。

「残念ながら、貴方《あなた》の能力値では、部活動と勉学の両立は厳しいと言わざるを得ません」

須崎の顔から苦笑さえ消えた。無言で頭《こうべ》をだらりと下げる。

「口で言うのは簡単ですが、部活と勉強の両立は簡単ではありませんからね。上手《うま》くやっている人間ばかりがフィーチャーされるから、多数の人間が両立しているように感じますけれど、実際は失敗例も少なくないはずです」

特に、同じ部活動に所属している生徒が、自分より優れた学業成績を収めていた場合、自分が頑張っていないだけじゃないかと思ってしまいがちだ。

しかし、それはサンプルの一つに過ぎず、誰もが同じことを為《な》せる根拠にはなり得ない。

須崎が頭を掻《か》きながら尋ねてきた。

「ぶっちゃけ、気持ち的には辞める方に傾いてっけど、一応、反論しておけ?」

無言で首肯。

「部活に所属してれば、礼儀作法とか社会性は身に付くんじゃね?」

「それらは部活動に所属せずとも習得できる上、部活動に所属さえすれば誰もが修得できる能力ではありません。部活動ならではのメリットとは呼べませんね」

「部活動での経験が、将来どっかで役に立つかも」

「賢者は歴史から学び、愚者は経験から学びます。部活動で得られるのは、歴史ではなく経験です」

「チームメイトとの関係が悪化すると、学校生活に支障が出るかも」

「貴方が野球部員から不当な扱いを受けた場合は、僕の独断で即刻廃部にします」

三〇秒ほど、彼の返事を待つ時間が生じた。

「……辞める一択だべな」

「頑張ってください。貴方の今後の活躍を、楽しみにしています」

心からの励ましを受けて、須崎は微《かす》かにほほ笑んだ。

「……学業成績といえば、先日のテストはどうでしたか？　差し支えなければ、ご意見をお聞かせください」

いきなりの質問にも、須崎は快く応じてくれた。

「オレ個人の平均点は上がったぜ。問題が変更されたって聞いたときは、クソ焦ったけどさ」

……あの事件を解決するためとはいえ、何の罪もない生徒に余計なプレッシャーを与えたことに、罪悪感を覚えた。

「突然、戸惑わせるようなことをしてしまい、申し訳ありませんでした」

「そこに関しちゃ、会長が謝ることじゃねーべ。難易度は大して変わってねーし。むしろ、ちょっと下がったんじゃね？」

テストの問題が変更された嘘の理由は、教員を通して全生徒に通達済みだ。

「難易度の調整はしていません。単純に、須崎《すざき》君の学力が向上した成果でしょう。おめでとうございます」

「お、おぉ！　センキュー！」

テンションが上がったのか、須崎は続ける。

「あ。オレからも、テスト関係で一つ確認してーんだけど、いい？」

「構いませんよ。何でも聞いてください」

「テスト最終日にさ、野球部員が四人、放送で呼び出されたじゃん？」

「ご存知《ぞんじ》でしたか」

「同じ部活のヤツが四人、一緒に呼び出されたら、流石《さすが》に気づくっしょ」

なるほど。そう考えると、軽率なアクションだったかもしれないな。

反省する僕に、彼は真剣な面持ちで聞いた。

「なんで、あいつら呼び出されたん？　……生徒会専用の地下遊技場を建設するために、強制労働させられてるって噂《うわさ》、聞いちまったんだけど。ガチ？」

「デマです」

そんなもの、信じるな。高校生だろ。その騙《だま》されやすさは、C判定より遥《はる》かに危ういぞ。

「だとしたら、どうして呼び出されたん？　今回、赤点じゃなかったくね？」

「つまり、彼らは過去に赤点を取ったことがあるんですか？」

「おん。入学して最初のテストなんか、ひでー有様だった。前回は、ギリギリで回避してたけど」

つまり、およそ半年で成績アップを実現したのか。素晴らしい。どんな勉強法を用いたのだろう。

「……実を言うと、テスト自体が急ごしらえだったせいか、問題に不備が見つかったんです。その問題を無効化して、他の問題に点数を振り分けると、彼らは基準点を下回ってしまうんです」

「えぇ!?　っつーことは、追試!?」

「はい、残念ながら」

須崎は渋面で歯嚙《はが》みした。

野球部の監督は、文武両道を部の方針としており、学業成績の不振に対しては、かなり重いペナルティを課すのだ。

慰めになるかは分からないが、情報を補足する。

「勿論《もちろん》、問題の不備自体は学校側の責任です。だからこそ、適切な処遇について、話し合っている最中なんです」

「……マジ、寛大な処置、おなしゃす」

「勿論《もちろん》、最大限努力します」

努力はするが、絶対に感情的な減刑はしない。あくまでルールに従い、判決を下すのみ。

「それと、過度に生徒の不安やヘイトを煽《あお》ることは避けたいので、くれぐれも、この件は内密でお願いします」

「モチのロン！」


須崎《すざき》の退室後。

「皆さんも、生徒会を辞めたくなったら、すぐに言ってください。無理に引き止めたりはしませんから」

何気なく言ったつもりだったが、場に若干の緊張が漂ってしまった。挽回《ばんかい》を図る。

「貴方《あなた》たちの貴重な時間を無意味に奪うような真似《まね》はしたくありません」

最初に返答したのは尾田《おだ》だった。

「それはそれで寂しいけどね。必要とされてないのかな～って感じでさ」

更に、笹木《ささき》が苦笑しつつ言う。

「八神《やがみ》先輩は多分、電車に乗った時、座席が空いてても座らないタイプっすね。そっちの方が、席を譲るよりも優しい、とか思ってそう」

「……鋭い洞察ですね」

そんなに分かりやすいかな。自身を顧みていると、尾田が声高に主張した。

「優しさは可視化すべきだと思うよ！　感謝された方が気持ちいいし、何かしてもらったら、ちゃんと相手に感謝したいよ！」

可視化。往々にして直接的アプローチを好む、彼女らしい語彙だ。

残念ながら、この議題においては相容《あい》れない。

「感謝したいという気持ちは尊いですが、感謝を強いる善行は優しくありません。場合によっては、攻撃にさえなり得ます」

僕の言葉に、首を傾《かし》げる尾田。

「こ、攻撃？」

「俗にありがた迷惑と呼ばれる行為ですよ。電車の席を例に挙げると、席を譲られた側が、老いを指摘されたように感じて傷つくこともあります。だから、余裕のある人間は、最初から座席に座るべきではないと考えています」

すると、笹木が明確に、真っ向から反対した。

「そんな風に考えられる人間ばかりじゃないっすよ。善意に対して、感謝っていう報酬は、あった方がいいと思うっす。感謝されれば、また誰かに優しくしたいと思うでしょうし」

「誤った優しさは、どんな悪感情よりも、大量の人間を深く傷つけますよ」

「間違えない人間なんていないっすよ。善行も同じっす」

何と返すべきか。考えていると、誰にともなく友禅《ゆうぜん》が呟《つぶや》いた。

「そのテーマで話し合っても、永遠に答えは出ないと思うわよ」

その意見も受け入れがたい。

「答えの出る目途が立たないから、議論する必要はないと？　それは、あらゆる学問の探求に対する冒瀆《ぼうとく》では？」

「議論する必要性は感じているわ。ただ、生徒会活動の時間は有限よ」

僕と笹木《ささき》は、ほぼ同時に壁掛け時計を見やり、返答に詰まった。確かに、友禅や堂本《どうもと》の時間を奪ってすべき話じゃないかもしれない。

僕らを横目に、尾田《おだ》は腕組みして天井を見上げる。

「座席が空いてたら、そんなに疲れてなくても、あたしは座りたいなぁ」

そういう話じゃない。出かけた言葉を飲み込んだ。


「八神《やがみ》君」

業務終了後。生徒会室を出たタイミングで、殿上《とのうえ》という教員に声を掛けられた。温和な雰囲気を纏《まと》う小太りの中年男性で、担当科目は家庭科。趣味の飲み歩きを野放図に続けた結果、糖尿病を患ってしまったそうだ。典型的な、感情先行型の愚か者。やはり感情は心身を蝕《むしば》む。

そんな彼に、眼差《まなざ》しで用件を尋ねる。

「生徒会室の鍵、返しておくよ。ちょうど職員室に行く所だから」

「ありがとうございます。お願いします」

深々と頭を下げて、鍵を手渡した。

その際、彼は体格に似つかわしくない小声で言った。

「……あと、あの件なんだけど」

素早く返す。

「分かっていますよ。処分の理由については、公にしません」

「よ、良かった……」

丸い背中が、曲がり角の先へ消えたタイミングで、隣の友禅が質問してきた。

「今のは、先生からの攻撃?」

「違います」

即答すると、違いが分からないとでも言いたげに、彼女は首を捻《ひね》った。

校門前で尾田や笹木と別れて、いつも通り帰路を辿《たど》る。

細い小路に入った所で、ぎこちなく首を巡らせながら、友禅《ゆうぜん》が話し始めた。

「……これは、友人の話なのだけれど」

「はいはい」

「好意を寄せる相手が、どうやら独占欲の強いタイプみたいなの」

「危ういですね」

独占欲とは、言い換えれば支配欲だ。ともすれば束縛やＤＶに繋《つな》がりかねない。

先日、議題に上がった浮気と同様に、その境界線は曖昧である。無論、個々人の感情を持ち込むからだ。いっそ公的なマニュアルを作るべきだ。

友禅は何度も首を横に振った。

「とは言っても、過度に言動を支配しようとする訳じゃないわ。……た、たとえば、露出度の多い服装を避けるよう、促したりするのよ」

「危険人物の片鱗《へんりん》が見え隠れしています。早急に距離を置くようお伝えください」

簡潔な模範解答に、なぜか仏頂面を浮かべる友禅。

更に彼女は、これ見よがしに僕から数歩離れた。

「どうしたんですか？」

「……何でもないわ。お気になさらず」

「僕、何かしましたか？」

友禅は答えてくれない。また距離を空けようとする。

居た堪《たま》れなくなった僕は、腕を伸ばし、そっと彼女の手を掴《つか》んだ。

「……ふぇっ!?」

顔を紅《あか》くして、裏声を上げる友禅。

感情的な暴挙じゃない。ルールに則《のっと》り、友禅の本音を引き出すための最適な行動選択をしただけ。

僕は真剣に質問した。

「何が気に障ったんですか？　ちゃんと言葉で説明してください。お願いします」

「い、嫌。言わない」

「教えてくれないと、放しませんよ？　そっちの方が嫌でしょう？」

「……」

問いに、友禅は答えず、十秒ほど黙考した。

しかし、待てど暮らせど、回答はなかった。彼女は手を繋いだまま、再び歩き始めたのだ。僕も付いていかざるを得ない。

……以前、彼女は言った。

『手を触るのはセーフよ。単なるスキンシップの一環でしかないわ。だから積極的に触るべきだと思う』

つまり、この行為に他意はない。それだけは確実。

一応、本気で嫌だったら振り払えるように、手を掴《つか》む力は加減している。

よって、友禅《ゆうぜん》の狙いは――。

「……わざと状況を膠着《こうちゃく》させたまま、自宅まで移動することにより、なし崩し的に追及から逃れようとしているのですか？」

「……そ、そうよ。流石《さすが》の慧眼《けいがん》ね」

なるほど。牛歩戦術の応用か。してやられたぜ。

結局、友禅の自宅に辿《たど》り着《つ》くまで、彼女の妙手を阻む術《すべ》は見つからなかった。

5　過去に浸り時間を浪費する論理主義者

本日は、朝から放課後まで曇天だった。晴れ間さえ見えない。自然と気分も沈む。無人の廊下に、終業のチャイムが鳴り響いた。照明は点《つ》いているのだが、不思議と薄暗く感じる。光の反射具合が関係しているのかもしれない。

隣を歩く笹木《ささき》が、両目を瞬《しばたた》きながら呟《つぶや》いた。

「ね、眠っ……」

「まだ眠り足りないんですか？」

呆《あき》れ交じりに尋ねる。

一時間ほど前。僕は、体育の授業で怪我《けが》した生徒に肩を貸し、保健室へ連れて行った。その際、ベッドで熟睡する彼を発見してしまったのだ。遠藤《えんどう》先生、毎度毎度、すんません。

彼は不満顔で反論した。

「ずっと寝てた訳じゃないっす。勉強もしてたんすよ」

言って、ハンディサイズの書籍を取り出す笹木。タイトルから察するに、数学の難問奇問をまとめた本らしい。

しかし、騙《だま》されてはいけない。彼にとって数学の問題を解くのは、ゲームと同じなのだ。

勉強という感覚さえ、極めて希薄だろう。

「数学以外も、最低限は頑張ってくださいね」

注意すると、笹木《ささき》は唇を尖《とが》らせた。

職員室の横を通りかかった際、扉が開き、中から一人の男子生徒が現れた。

伸びた背筋と、程よく発達した胸筋が目を引く美丈夫。コーヒー色の髪をツーブロックにしており、制服は適度に着崩している。

庄山倫太郎《しょうやまりんたろう》。前回の生徒会選挙で競い合った相手。

しかし、それは過去の話。少なくとも僕は、彼に悪感情を抱いていない。

「庄山先輩、お久し振りです」

頭を下げた僕に合わせて、隣の笹木も軽く会釈した。庄山先輩が微笑で返す。

「あぁ、八神《やがみ》君か。ちゃんと話すのは、あの質疑応答以来かな」

一瞬、返答が遅れる。

「部活には行かないんですか？」

「五限目の授業で、分からない箇所があったから、先生に聞いておこうと思ったんだ」

「なるほど」

三年A組の五限目。数学か。六限は体育だから、放課後にじっくり解説を受けるべきだと判断したのだろう。真面目な人だ。

……こんな人が、あの事件に関与しているとは思い難《がた》い。

数秒だけ考え込んだ僕に、庄山先輩が言った。

「じゃあ、お疲れ様」

「お疲れ様です」

庄山先輩が視界から消えたタイミングで、笹木は呟《つぶや》く。

「見た感じ、元気そうっすね」

「外見だけでは判断できませんよ。彼は、弱みを人に見せないタイプですからね。きっと、エンターテイナー気質なんでしょう」

「そうっすか？　あんまり、前に出て人を笑わせるタイプじゃないと思うんすけど」

疑問に粛々と応答。

「コメディアンだけが、エンターテイナーではありませんよ。どちらかと言うと、庄山先輩は、アイドルやタレントに近いタイプです。だからこそ、弱みや汚い部分を、絶対に見せられないのだと思います」

「へぇ～。父親のこと然《しか》り、意外と苦労してんすね」

二人で生徒会室へ入る。中では尾田《おだ》が待ち構えていた。

「遅いよ！」

言い放った彼女は、何故《なぜ》かランドセルを背負っている。

それだけじゃない。フリルが大量にあしらわれた、薄いピンク色のシャツとミニスカートを着用している。足元には黄色の長靴。右手に持った黄色い傘を、聖剣のごとく掲げている。

……………………小学生めいた恰好《かっこう》だな。

数秒フリーズしてしまったが、どうにか再起動し、尋ねる。

「……何をしているんですか？」

「備品のチェックだよ！」

何故《なぜ》か尾田《おだ》は得意げに答えて、テーブルの上を指し示した。

置かれているのは、煌《きら》びやかなスパンコール刺繡《ししゅう》のドレスや、サンタクロースを連想させる防寒具めいた仮装、緋色《ひいろ》の和服、等々。

隣の笹木《ささき》が、僕に聞いた。

「これ、本当に備品っすか？　生徒から没収した不要物じゃないんすか？」

「正真正銘、演劇部の衣装ですよ」

余談だが、我が校の演劇部は、全国大会常連の強豪だ。

生徒会が演劇部の備品を管理している理由は、昨年のハロウィンに、衣装が部室から無断で持ち出された挙句、その一部が破れてしまったからだ。以降、申し出があった物品に関しては、生徒会が備品庫で保管することになった。

それはさておき。

「どうして、尾田さんが衣装を着ているんですか？」

「せっかく色んな服があるから、着てみようと思ってさ」

それは、衣装を破った連中と同じ発想じゃないだろうか？　言おうとした直前、友禅《ゆうぜん》が入室した。

「お疲れ様」

普段通りの挨拶。しかし、すぐに返事することは出来なかった。彼女は、とある女生徒の首根っこを掴《つか》んで、半ば引きずるように連行していたのだ。尾田は叫ぶ。

「どういう状況!?」

「こっちの台詞《せりふ》よ」

友禅の気持ちも理解できる。現在の尾田は、色んな意味で刺激的な恰好だからな。

刺激物こと尾田が、端的に状況を説明。

「備品チェック！　演劇部の衣装！」

「なるほど、遊んでいるのね」

察しの早い友禅が、自分の状況を説明し始めた。

「彼女、入り口の前をウロウロしていて邪魔だったから、連れてきたのよ」

「だとしても、首根っこ掴むのは止《や》めてあげて！」

尾田《おだ》の懇願を受けた友禅《ゆうぜん》が、為《な》す術《すべ》のない女生徒を見やり、呟《つぶや》く。

「確かに、我が子を運ぶライオンの物真似《ものまね》みたいで、滑稽かもしれないわね」

どちらかと言えば、獲物を捕らえた豹《ひょう》に似ているぞ。

悶着《もんちゃく》の末、友禅は女生徒を解放した。彼女はこわごわと顔を上げる。

哀れな女生徒の正体は、堂本奈乃《どうもとなの》だった。先日、尾田が言っていたように、制服が似合っている。

僕は友禅に声をかけた。

「堂本さんだったんですね。てっきり、見知らぬ生徒を強引に引きずって来たのかと思いましたよ」

「そんなことしないわ。山賊じゃあるまいし」

見知った相手も、強引に引きずってはいけない。本音を心中へ仕舞《しま》いこんだ僕の目前で、尾田が堂本に抱き着いた。

「なっちゃ〜ん！　久しぶり〜！」

「り、リアルで会うのは二週間ぶりデスかネ」

赤い顔を伏せる堂本。尾田は彼女に質問する。

「何で学校に来たの？」

「……皆さんニ、会いたいから来たんデス。この時間に行けバ、誰かはいると思っテ。駄目ですカ？」

「駄目じゃないよ～！　ウェルカムだよ～！」

押し倒さんばかりの勢いで、堂本を抱擁する尾田。

そんな二人を横目に、友禅はテーブルに置かれた和服と、付属品らしき短刀のレプリカを手に取った。

「悪くないわね」

尾田が、堂本を拘束したまま彼女に聞く。

「友ちゃん、週末に会った時も、こんな感じの服装だったよね」

「そうね」

「和装だったからビックリしたよ！　コスプレイヤーみたいだったよ！」

言われて、首を傾《かし》げる友禅。

「そんなに変だったかしら？」

「変ではないよ！　超似合ってた！　だからこそ、目立つよね！　単純に！」

「いつもいつも、ああいう恰好《かっこう》をしている訳じゃないわ。基本、あの手の服は部屋着よ」

尾田は問いを重ねた。

「部屋着だとしても珍しくない？　日本人でも、あんまり着る機会ないよ？」

「日本に来たばかりの頃、自分の存在が浮いている自覚はあったから、少しでも馴染《なじ》める

あれから、もう八年も経《た》ったのか。時の流れは早いな。

「あぁ、そーいえば帰国子女だったね」

小学校三年生の頃、彼女は両親の仕事の都合で、アメリカから引っ越してきた。あれから、もう八年も経《た》ったのか。時の流れは早いな。

僕と同じく、友禅《ゆうぜん》も過去を思い返したのか、ぽつぽつと思い出を語り始めた。

「クラスメイトと仲良くなりたくて、色々と手を尽くしたわ。折り紙やけん玉を練習して、日本語も出来る限り覚えた。魚の捌《さば》き方を覚えて、活《い》け造《づく》りを披露しようとしたこともあったわね」

嫌な予感がした。やや強引に会話へ割り込む。

「……友禅さん、その話は」

「構わないわ。過ぎたことよ」

そう返されると、何も言えない。

「そして、いざ学校に通い始めたら、いじめられたわ」

「え」

絶句する尾田《おだ》。友禅は淡々と続ける。

「当時、大ヒットしていた漫画の悪役が、私にそっくりだったのよ。だから、私を敵キャラクターに見立てて、退治するごっこ遊びが男子の間で流行《はや》っていたわ。まだ日本語を上《う》手《ま》く話せず、ちゃんと意思表明できなかったことも災いしたわ。……正直、辛《つら》かったわね」

瞬時に、尾田が憤慨した。

「男子のバカ！　アホ！　死んじゃえ！」

「ジブンらは何もしてないっす」

笹木《ささき》の発言に、僕も小さく頷《うなず》いた。男子＝友禅の敵と決めつけるのは、あまりに短絡的かつ感情的な暴挙だ。

怒る尾田を、友禅は手で制する。

「でも、八神《やがみ》君は、いつも庇《かば》ってくれたわ」

尾田は驚愕《きょうがく》に目を見開く。笹木が意外そうに鼻を鳴らした。

「八神先輩、意外と武闘派なんすね」

「いえ、弱いですよ」

眼差《まなざ》しで友禅に同意を求める。

「そうね。いつもボコボコにされていたわ」

「カッコ悪っ！」

尾田の辛辣かつ的確な感想。個人的にはそう思ったのだが、笹木の意見は違った。

「そうすか？　弱いことを自覚した上で立ち向かえる人、カッコよくないすか？」

彼女は返答に困ったのか、その言葉を受け流して友禅に質問する。

「く、クソ雑魚のレン君は、どうやって対抗してたの？」

「どんなに些細《ささい》な嫌がらせも、すぐ先生や親に密告していたわ」

「やっぱカッコ悪っ！」

酷《ひど》い言い様だ。反論せずにはいられない。

「当時の僕には、それ以外の方法が思いつかなかったんですよ」

「それでも止まらなかった時は、警察に通報したことさえあったわね」

友禅《ゆうぜん》の補足に、尾田《おだ》が目を細める。

「あれだね。多分、思想の根本は変わってないんだろうね」

おそらく、誉《ほ》め言葉じゃない。聞こえていない振りをして、友禅の話に耳を傾けた。

「そんなことを繰り返すうちに、私を攻撃していた連中も、段々と周りから離れていったわ。面倒になったのでしょうね」

数秒の間を置いて、尾田は感想を口にする。

「レン君、めっちゃいい奴《やつ》じゃん！」

分不相応な評価だ。軽く頭を掻《か》いて応じた。

「友禅さんの記憶が美化されているんです。実際、大したことはしていません」

ある種の自演行為は、友禅によって阻まれる。

「ちなみに、当時は彼も和装だったのよ。私が浮かないように、合わせてくれていたの」

「違います。映画を観《み》て、そういう恰好《かっこう》に憧れただけです。某明治剣客浪漫譚《ろまんたん》ですよ」

嘘《うそ》じゃない。頬《ほお》に十字傷を描いたことも、一度や二度じゃない。

黒歴史の苦みを噛《か》み締《し》めていると、友禅が制服のポケットから携帯電話を取り出した。

「当時の写真、見る？」

「見る！」

僕の同意を待たず、尾田は写真を視界に収めてしまった。その背後から、どのような写真かチェック。

二人とも和装であること以外は、何の変哲もない、小学生時代の僕と友禅の写真。幸い、頬に十字傷は見当たらない。

尾田が声を上げた。

「レン君がカワイイ！　何で⁉」

「小学生だからです」

「この頃の八神《やがみ》サン、普通にモテたんじゃないデスか？」

堂本《どうもと》の問いには、友禅が応じた。

「クラス内では五番目くらいの人気だったわ。不動の五番よ」

その順位で不動だったことを誇るのは抵抗がある。あと、彼女が胸を張るのは、お門違いじゃないか？

疑念に駆られていると、何故《なぜ》か尾田《おだ》が、僕に憐《あわ》れみの眼差《まなざ》しを向けてきた。

「そっかぁ、ここが人生のピークだったんだねぇ」

「勝手にピークを決めないでください」

「いや、今後の人生で、レン君が小学生時代を超えることは無いよ。絶対に」

「貴方《あなた》は未来人ですか？」

この世に絶対など存在しない。胸中で強く主張する僕を放置して、尾田は話題を切り替える。

「そういえば、なっちゃんとにっしーの和服姿って、見たことないかも」

暗に『和服姿を見せよ』と言っているのか。流石《さすが》に見過ごせない。

「尾田さん、これ以上、無断で演劇部の備品を使うのは」

「無断じゃないよ！　京《きよう》ちゃんに、ちゃんと許可もらってるから！」

反論に、少なからず驚いた。

「京ちゃんとは、演劇部部長の、富士原京香《ふじわらきようか》さんのことですか？」

鷹揚《おうよう》に頷《うなず》いた尾田が、自身の携帯電話を、僕に見せつけてきた。

画面には、富士原京香との個人チャットと思《おぼ》しき、メッセージのやり取りが表示されている。

『備品庫にある演劇部の衣装、クリーニングに出していい？』

『いいよ〜。ありがと〜』

『……ちょっとだけ、着てもいい？』

『……わざと断りづらいタイミングで頼んだでしょ』

備品庫の布製品は、他の物品とまとめて、生徒会の予算でクリーニングしている。そちらの方が、各部活にクリーニング代を渡すより安上がりだからだ。

尾田は、頼み事をする前に、その情報を相手に思い出させることで、やや断りづらい雰囲気を意図的に作り出したのだ。

「小賢《こざか》しいですね」

「策略家って言ってよ！」

言わねぇよ。全ての策略家に失礼だろ。

こんな遣《や》り口を使われて、京香さんは気分を害したんじゃないだろうか。おそるおそる、返信を確認。

『そんな狡《こす》い真似《まね》しなくても、少しくらいは触っていいよ。海香《うみか》だったら、雑に扱わないだろうし』

「京香さんが優しい人で良かったですね」

「あたしが信頼されてることも評価してよ！」

「尾田さんは、小手先のテクニックで自分の欲望を満たそうとしただけです」

こういうことをちょくちょくやる割に、周囲からの人望は厚いのだから不思議。多分、【完璧にこなした方がいい部分】と【少しサボっても大丈夫な部分】の見極めが上手《うま》いのだろう。羨ましいぜ。

ズルい女こと尾田《おだ》が、満を持して、笹木《ささき》に和装を押し付ける。彼は眉根を寄せた。

「ジブンの和装なんか、見た所でメリット無いっすよ」

「あるよ！　あたしが楽しい！」

「クソ野郎っすね」

「野郎じゃないよ！」

「じゃあクソっすね」

クソズルい女もとい尾田は、笹木より御しやすいと判断したのか、堂本《どうもと》に和服を着るよう迫った。敬愛する先輩に言われては、彼女も断れない。

後輩に和服を押し付けた尾田が、僕と笹木に命令する。

「何してんの！　さっさと廊下に出て！　なっちゃんが着替えられないでしょ！」

「堂本は一度も着替えたいって言ってないっすよ。全部、尾田先輩の押し付けっすよ」

「やかましい！　上級生に歯向かうな！」

「今の発言、録画&録音したっす。然《しか》るべき機関に送るっす」

「ごめんなさい！」

「嘘《うそ》っす」

「クソザコ一年が！」

「本当は録音してるっす」

「さーせん！」

騒ぎながら、一旦退室。友禅《ゆうぜん》が尾田に訊《き》く。

「どうして私達も出たの？」

「この二人が、なっちゃんの着替えを覗《のぞ》かないよう、監視するためだよ！」

「ジブンらのこと、一ミリも信用してないんすね」

笹木は不服そうだったが、僕は正しい行動選択だと思う。

どんな人間も、魔が差すことはある。『信じる』と言えば聞こえはいいが、裏を返せば野放しという意味でもあり、凶行に歯止めが利かなくなってしまう可能性も孕《はら》んでいる。

だが、常日頃から対策を講じておけば、大事な友人知人の凶行をシステムで防ぐことが出来る。転じて、相手を守ることに繫《つな》がるのだ。

だから、僕は監視も甘んじて受け入れる。むしろ監視してほしいとさえ思う。

……倒錯的な意味じゃないぞ。念のため。

二分ほど経《た》った頃、堂本の声が聞こえてきた。

「お、終わりましタ」

扉を開くと、和服を纏《まと》った堂本《どうもと》が、所在なげに立っていた。緋色《ひいろ》の布地に金の髪が映える。

「きゃわいい～！」

また彼女に抱き着く尾田《おだ》。特に拒むこともなく、されるがままになっている堂本。周囲には和やかな雰囲気が漂っている。

背中側から、堂本の両肩に手を置いた尾田が、彼女もろとも友禅《ゆうぜん》の方へ向き直った。

「友ちゃん、見て！　なっちゃん、超かわいい！」

「そうね、よく似合っているわ」

ゆっくりと堂本に近付いた友禅が、彼女の下腹部の辺りに両手を置いた。

「ひゃウッ！」

腰をなぞられた堂本が、嬌声《きょうせい》を漏らす。友禅の手は、ゆっくりと着物の帯を握った。

「しっかり結んでおかないと、はだけるわよ」

「あ、ありがとうございまス」

友禅の手ほどきを受けながら、帯を結び直す堂本。女子三人の仲睦《なかむつ》まじい様子は、見ていて心が洗われる。

堂本の着こなしを精査した後、友禅はテーブル上の衣装を手に取り、笹木《ささき》に質問した。

「和服、もう一セットあるわよ。笹木君、使う？」

友禅の発言を受けて、口を開いたのは尾田だった。

「にっしー、残念だったね。あと少しで、ついさっきまでＪＫが着ていた服をゲットできたのに」

「人を変態に仕立て上げないでほしいっす」

渋面を浮かべながらも、笹木は友禅から和服を受け取る。

再び廊下へ出て、待つこと数分。扉越しに笹木が言った。

「着替えたっす」

室内に戻ると、フィクションの世界から飛び出したと言われても納得してしまいそうな、美少年剣士が立っていた。無論、笹木だ。

彼は気だるげに吐き捨てる。

「これで満足っすか？」

尾田が悔しそうに応じる。

「うわぁ、似合うなぁ。腹立つなぁ」

「何が不満なんすか？」

「めっちゃイケメンでムカつく」

「……そ、そうすか」

薄く頬《ほお》を染めた笹木が、窓の外へ目を逸《そ》らした。

「あざといわね」

「あざといデス」

「天性の人たらしですね」

友禅《ゆうぜん》、堂本《どうもと》、僕の意見が一致した。

「んぇ？」

しかし、当の本人に自覚はないようで、阿呆面《あほうづら》を浮かべている。

それでも、敬愛する人物に褒《ほ》められれば、嬉《うれ》しいと思ってしまうのが人の性《さが》。笹木《ささき》に同情してしまう。

様々な人間の心を振り回し続ける尾田《おだ》が、我々に言った。

「せっかくだし、他の衣装も着てみようよ！　きっと楽しいよ！」

自分が着たいだけでは？　そう尋ねる暇すらなく、彼女以外は生徒会室から追い出されてしまった。「尾田先輩の着替えなんか誰も見ないっすよ」と言った笹木が、脛《すね》にトーキックを喰《く》らった。

一分と経《た》たぬうちに、呼び声がかかった。総員、入室。

尾田が着ているのは、やや大きめの白装束。千早と呼ばれる、神事の際に着用する羽織り。緋色《ひいろ》の袴《はかま》。豪奢《ごうしゃ》かつ凝った意匠の簪《かんざし》。白足袋。

一見しただけですぐに分かった。巫女《みこ》装束だ。

腕組みした尾田は、にたりと笑んで言い切る。

「どうだ！　可愛《かわい》いだろ！　ひれ伏せ！」

「はい。控えめに言って、完璧な着こなしです」

素直に褒め称えた。感情的な一意見じゃない。当然の事実を述べただけだ。

何故《なぜ》か尾田は唇を尖《とが》らせて、紅《あか》い顔を明後日《あさって》の方へ向ける。

「……何か、レン君にそういうこと言われると、照れる」

「他意はありません。素人目にも、ファッションモデルの方々と遜色ない見栄えだと言っただけです」

「わ、わざと言ってるでしょ！　やめて！」

両手で顔を隠す様が、普段にも増して可愛らしく感じた。

その時、背後に違和感を覚える。振り返ると、頰《ほお》を膨らませた友禅が、ブレザーの裾を引っ張っていた。

「い、嫌がっているでしょう。そういうのは、良くないと思うわ」

「……確かに、その通りですね。失礼しました」

素直に謝罪。

そんな友禅の着替えには、少しばかり時間がかかった。

黒を基調としたボリューミーな衣装で、フリルやレースなど、華美な装飾が目立つ。その割にスカートの丈は膝上までしかない。やや心もとない印象。

頭には、大きな黒いリボン型の髪飾りを載せている。また、レースの手袋によって、手指のしなやかさが強調されていた。

すらりとしたふくらはぎは、編み上げのブーツに包まれている。生来の美貌も相まって、フランス人形のようだ。

おそらく、ゴシック・アンド・ロリィタと称される類《たぐい》の衣装だと思われる。一体、どんな演目で使用したのだろう。

未知の劇を想像する僕に、友禅《ゆうぜん》が聞いた。

「ど、どうかしら？」

「そもそも、友禅さんにこういう恰好《かっこう》が似合うということは自明の理です。予想を凌駕《りょうが》する完成度に驚きこそしましたが、卒倒するほどではありませんね。男女問わず、大多数の人々に美しいという感想を抱かせる姿ではあるものの、あくまで人間の範疇《はんちゅう》です」

数秒の間を置いて、彼女は呟《つぶや》く。

「……凝視されると、恥ずかしいわ」

「失敬。自覚は微塵《みじん》もありませんでした。以後、気を付けます」

「べ、別に、見てもいいけれど」

「結構です。男性に凝視されるのは不快でしょうから」

「そんなことないわ」

断言した友禅は、ずいと顔を近づけてきた。慌てて顔を背け、言葉を返す。

「機会があれば、また拝ませていただきますよ」

頬《ほお》を赤らめて、微《かす》かに口角を上げる友禅。傍目《はため》には、喜んでいるように見受けられた。

窓ガラスに映った、生徒会役員諸賢の姿を再確認。

和服（色違い）が二人。巫女《みこ》が一人。ゴスロリ一人。制服一人。

何となく、物語が始まりそうな予感はする。わくわく。


備品チェックもといコスプレ大会終了後。

生徒会室前で尾田《おだ》たちと別れ、部屋の鍵を返却し、玄関へ向かう。風が吹き始めた影響か、雲の切れ間から橙色《だいだいいろ》の夕陽《ゆうひ》が垣間《かいま》見《み》えた。

靴箱の横には、友禅がいた。ガラス戸に背を預けて瞑目《めいもく》している。

「すみません、お待たせしました」

「き、気にしないで。待っていないわ」

少し上擦った声で応じる友禅。遅まきながら、自身の失言に気付いた。

「確かに、自意識過剰も甚だしい発言でしたね」

「『気に病むほど、待っていたわけじゃない』という意味よ。勘違いしないで」

溜《た》め息《いき》交じりに呟《つぶや》いて、友禅《ゆうぜん》は自らの携帯電話を操作する。

直後。ポケットの中で、僕の携帯電話が二、三回ほど震えた。

「一応、送っておいたわ」

何を？　疑問を解消せんと、携帯電話を確認。

どうやら彼女は、メッセンジャーアプリで、写真を送信した模様。

送られてきたのは、僕と友禅が、小学生の頃に撮影した写真だった。彼女に尋ねる。

「以前の制服は、この和服がモデルだったんですか？」

「……パクりじゃないわ。オマージュよ」

「そこをとやかく言うつもりはありません。オマージュ大歓迎です」

「馬鹿にしてる？」

「していません。全く。微塵《みじん》も」

素早く否定したが、信じてもらえなかったようで、友禅は唇を尖《とが》らせた。

靴を履き替え、玄関から屋外へ。我々は校門へと続く階段を下る。

その間も、彼女は携帯電話の画面に表示された、幼き頃の写真に視線を落としている。

「携帯電話、仕舞《しま》ってください。危ないですよ」

「大丈夫よ。いつも使」

階段を踏み外し、前方へ倒れそうになる友禅。僕は彼女のお腹《なか》の辺りに腕を出し、倒れないよう支えた。意外に柔らかい。思っても口にはしない。

「……ありがとう」

顔を赤らめた友禅が、無言でポケットに携帯電話を仕舞う。

校門を出て、しばらく歩くと、小学生の一団が、僕たちの横を通過していった。

「……子供の頃、貴方《あなた》がいなかったら、今の私はいなかったわ」

隣から聞こえた、小声の呟き。迷った末、柔らかく否定する。

「友禅さんは、僕のことを過大評価しています。僕は大した人間ではありません。ただ、あのタイミングで、貴方の傍《そば》にいただけです」

僕の言葉に、不満げな面持ちを浮かべる友禅。全く納得していない。

それでもめげずに、説得を試みる。

「余談ですが、本当の意味で助けてほしい時に『誰か助けてくれ』と言ってはいけないそうです」

やや突飛な話題転換。友禅が眉間の皺《しわ》を深くした。しかし、話を遮ったりはしない。

「実際には、群衆の中の一人だけを指さして『貴方が助けてくれ』と言うべきだそうです。そうすれば、指名された人間は【他者を見殺しにした】という罪悪感を背負いたくないから、必死で助けようとするそうです」

僕のような人間が編み出したであろう、他者の感情を利用する狡猾《こうかつ》な手口。庄山《しょうやま》先輩への質疑応答を思い出す。

言わんとすることを察したらしく、友禅《ゆうぜん》が薄目を向けてきた。

「……私、貴方《あなた》を指名した覚えはないけれど」

「実際に指名したか否かは、些末《さまつ》な問題ですよ。重要なのは、僕がどう感じたか、です」

僕は指名されたように感じた。だから、彼女を庇《かば》った。特別に勇気があった訳じゃない。罪悪感から逃げたかっただけなのだ。そうに決まっている。

拗《す》ねたような口ぶりで、友禅は言った。

「貴方は、自分のことを過小評価しているわ。貴方は素敵な人よ」

「……」

今、彼女は僕のことを感情で評価している。同情、と言い換えてもいいかもしれない。つまり、評価軸が偏っている。だから、信用に値しない。

真顔の友禅が続ける。

「それとも、私に人を見る目がないと言いたいの？」

問われて、慎重《しんちょう》に答えた。

「……近しい間柄だからこそ、僕を正しく評価できていないんです」

「であるならば、八神《やがみ》君自身の評価こそ、最も疑わしい評価じゃないかしら？」

「……」

　黙り込んだ僕に、友禅は横目を向けてくる。

「考えすぎるのは貴方の悪癖よ。もっと素直になりなさい」

「僕ほど素直な人間はいませんよ。小学生の頃からずっと、僕は素直です」

「……嘘《うそ》よ。でなきゃ困るわ」

　最後の一言は、ダンプカーが横を通過したことに託《かこつ》けて、聞こえていない振りをしてしまった。


　帰宅し、リビングに入ると、妹の八神弥子《やこ》がソファに座って読書していた。

　彫りは深いが、暑苦しい印象は全く感じさせない目鼻立ち。艶のある黒髪をポニーテールにしているせいか、アウトドア派と思われがちだが、実際は本の虫である。

　顔が小さいうえ、非常に脚が長く、常人離れしたプロポーションを有している。現在はパーカーにジャージのズボンというラフな恰好《かっこう》をしているため、そのポテンシャルは影を潜めている。身内の自分が言うのも変だが、典型的なアジアンビューティーだ。

　彼女は視線だけこちらに向けると、小声で言った。

「兄さん、お帰りなさい」

「ただいま」

恭しく返す。しばしば似ていると言われるのだが、僕は彼女ほど不愛想じゃない。はず。

リビングを通って二階の自室へ。

手早く着替えを済ませて、学習机の前に着席。各種連絡等をチェックしてから、勉学に励む。それが平日のルーティーン。

「……」

携帯電話のアルバムフォルダを開き、先ほど友禅《ゆうぜん》から送られてきた画像を見やる。所要時間は一分以下。スケジュールに多大な影響を及ぼす行動選択じゃないと判断した。

画像を眺めていると、意識せずとも当時のことを思い出す。


友禅と初めてまともに会話したのは、小学校三年生の頃。放課後、図書室で読書に耽《ふけ》っていると、彼女がいきなり話しかけてきたのだ。

「あなた、わたしのこと、好きなのね」

「……はい？」

単行本に栞《しおり》を挟んで問い返すと、友禅はやれやれとばかりに、首を横に振った。

「しらばっくれるつもり？　別に構わないけれど、あとで恥をかくことになるわよ」

ここまで、彼女が何を言っているのか、当時の僕は一ミリも理解できなかった。ただ、恥をかくのは嫌だったので、とりあえず耳を傾けた。ルールを掲げる前だったこともあり、感情を無視することの重要性に、今ほど自覚的ではなかったのだ。

「三日前、わたしが算数の教科書をわすれたとき、あなたは『良ければ、いっしょに使います？』と言ったわね」

「はい。それがなにか？」

「あんなこと、好きな人にしかしないでしょう。じじつ上の告白じゃない」

「となりのせきの子が教科書を忘れたら、たいていの人間はかしてあげると思いますよ」

僕の発言を、彼女は鼻で笑った。

「それだけじゃないわ。おととい、あなたはわたしが床に落とした消しゴムをひろい、机の上にもどした。あれも当たり前だと言うつもり？」

「足元に転がってきたんです。無視する方がむずかしいでしょう」

「くるしい言いわけね」

苦しいか？　友禅の微笑に、胸中で疑念が渦巻いた。

「きわめつきは昨日よ。あなた、駅前にある自動販売機でジュースを買ったあと、何をしたかおぼえてる？」

「ストレートティーとまちがえてレモンティーを買ってしまったので、近くにいたあなたに『良かったら、飲みますか？』と言ってわたしました」

「……あんなこと、たくさんの人がいる場所でするなんて、しょーきのさたじゃないわ。へんたい」

「しんがいです」

謂《い》われのない罵倒。無論、受け入れられない。

かといって、ネガティブワードで応じると喧嘩《けんか》になることは明白。感情の衝突が何も生まないことは、当時の僕も理解していた。

代わりに素直な疑問をぶつける。

「……あなたは、ぼくのことが好きなんですか？」

途端、彼女は顔を顰《しか》めた。日本語圏以外の人間が見ても『今、彼女は不機嫌なのだろう』と理解できるほど、あからさまな渋面だった。

「バカを言わないで。わたしが、あなたのような、かとうせいぶつを好きになるはずないでしょう。めーよきそんで訴えるわよ」

どちらかと言えば、名誉を著しく棄損されたのは僕だ。

「もういい。帰るわ」

友禅《ゆうぜん》が踵《きびす》を返し、背を向けたまま言い放った。

「言っておくけれど、かくしたってムダよ。あなたがわたしを好きだということは明らかなのだから。せいぜい、本心をあばかれるその日まで、ふるえてねむりなさい。じゃあ、また明日」

僕は彼女に問う。

「雨、ふっていますよ。ぼくの傘に入っていきますか？」

「……へんたい」

「なぜ？」

これがファーストコンタクト。この時点では、僕は友禅のことを【けん玉が上手《うま》くて、単独行動を好む変人】としか思っていなかった。

友禅が一部の生徒から目の敵《かたき》にされていることを知ったのは、それから数日後のことだった。

直射日光の当たらない、陰鬱な雰囲気が漂う校舎裏にて。数人の男子に取り囲まれた友禅が、殴られたり蹴られたりしている姿を、たまたま目撃したのだ。

彼女は必死で抵抗していた。

大多数の男子より背が高く、腕力もそれなりにあって、格闘術の心得もある友禅は、多対一の苦境においても決して屈しなかった。敵をグラウンドに投げ伏せて、校舎の外壁に叩《たた》きつけ、関節を極《き》めて苦悶《くもん》させた。

後に本人から聞いた話だが、抵抗すればするほど、男子らは負けじと張り合い、荒事を嫌う女子たちは友禅《ゆうぜん》から離れていったそうだ。

ゆえに、彼女はいつも一人だったのだ。

友禅を助けるため行動することに、迷いはなかった。恐怖や自己保身などの感情に呑《の》まれることもまた、僕が忌避する行動選択だから。

しかし、アプローチが良くなかった。

冷静に考えれば、ここで渦中に飛び込むのは愚策そのもの。証拠となる映像を撮影し、教員に見せるのが、最も効果的かつローリスクな対応。

にも拘《かか》わらず、まだ愚かだった当時の僕は、条件反射的に動いてしまった。拳を振り上げた男子生徒の背中に、ドロップキックしてしまったのだ。

当然、蹴られた男子は怒り、今度は僕が集中攻撃を受けた。

大多数の男子より背が低く、非力で、格闘術の心得もなかった僕は、多対一の苦境に為《な》す術《すべ》なく打ちのめされた。グラウンドに投げ伏せられて、校舎の外壁に叩きつけられて、関節を極められて苦悶した。

感情先行で、非生産的なアクションをしてしまったと、強く悔いた。

激しく揺れる視界の外から、甲高い声が聞こえる。

「もしもし！　けいさつですか!?　クラスメイトがぼーこーされてます！　すぐ来てください！」

途端、僕への攻撃が止《や》み、男子たちは慌ててその場から逃げ去った。

どうにかこうにか立ち上がり、周囲を見回すと、友禅が携帯電話を片手に立っていた。

平静を装って聞く。

「……通報したんですか?」

「ぶらふよ」

画面を見せつけてくる友禅。何も表示されていない。真っ暗。

彼女は不満げに吐き捨てた。

「かばってくれと、たのんだおぼえはないわ」

友禅らしい反応だ。淡々と返す。

「おっしゃるとおり、ぼくが勝手にやったことです。あなたが気にするひつようなどありません。ケガも見かけほど痛くはないです。だぼく、さっかしょう、ほほの腫れなどは目立ちますが、あなたにはなんのせきにんもありません。歯もぬけましたが、どうせ乳歯です。ぼくは元気そのものです。少し歩きづらいですが、どうにか一人でも帰れるでしょう。へーきです」

「……おんきせがましいわね」

文句を言いながらも、友禅《ゆうぜん》は肩を貸してくれた。制汗剤の爽やかな香りが鼻先を撫《な》でた。数十分の帰り道。会話はほとんどなかった。家に着く直前で、僕が尋ねなければ、無言のまま別れていただろう。

「どうして、そんなにがんばるんですか？」

「……」

唇を噛《か》む友禅。僕は続ける。

「今、かれらは、あなたに対するねたみやそねみから、こうげきをしかけています。一度、『じぶんよりしただ』と決めつけたあいてが、じぶんたちをこえると、つごうがわるいからです。もはや、見た目なんてかんけいありません」

勿論《もちろん》、容姿を理由に攻撃することも、許されざる行為だが。

友禅は何も言わない。上機嫌でないことだけは、表情から読み取れた。

「まけたフリをしておけば、今ほどこうげきされなくなります。あなただって、分かっているでしょう。あいつは【くっぷく】したのだと、思わせればいいんです」

「ぜったい、いや」

決然とした叫びが、耳をつんざいた。前を向いた友禅の、熱を帯びた瞳から、目を逸《そ》らせない。

彼女は歯噛みして言う。

「おかしいじゃない。まちがっているのはあいつらなのに、どうして、わたしがじぶんを曲げなければいけないの？　そんなの、耐《た》えられないわ」

瑠璃色の瞳が真上を向いた。

「だから、わたしは星へいくの。星にミサイルをうちこむバカはいないでしょう？」

「…………」

有象無象によって歪《ゆが》められないよう、奴《やつ》らの攻撃など及ばない、高みを目指す。

周囲に迎合するという安易な道へ逃げず、己を磨く。

それがいかに難しく、高潔な行いであるかを、想像できないほど僕は愚かじゃない。

――強く、気高く、美しい人だと思った。

あの時、目の当たりにした輝きは、今なお色褪《いろあ》せない。彼女は本物だ。


中学に進学して環境が変わっても、友禅は孤独だった。

かつてのように、過剰な敵意に晒《さら》されることこそ無くなったが、周囲との関係は一層希薄になった。

その原因は、あらゆる方面で彼女の才能が開花したからだ。

元々、優秀ではあったが、中学進学以降の無双ぶりは、その比じゃない。

勉学。運動。芸能。あらゆる分野において、友禅《ゆうぜん》は全国トップクラスの成績を収めた。

こんな人間が存在するのかと、恐怖すら覚えた。

しかし、彼女はそれを誇らなかった。無邪気に喜ばなかった。何故《なぜ》かと尋ねれば、気だるげに答えた。

「私が頑張ると、周りの皆が駄目になっていくからよ」

友禅は努力する天才だ。圧倒的な努力によって、瞬く間に天賦の才を成長させていく。

そんな彼女を見て、周囲の人間は【結局、才能が全てじゃないか】と思ったようだ。

努力したことのない人間は、才能と努力の区別すらつかない。何でもかんでも才能のせいにして、頑張らなくなる。諦める。努力を放棄する建前として利用する。

だから、友禅は他者から距離を取った。誰かの未来を奪わないために。誰かの努力を否定しないために。

めでたく、彼女は星に着いた。

そして、彼女は一人になった。


中学卒業後。友禅と僕は、明賾《めいせき》学園に進学した。

同校の生徒や卒業生が、あらゆる業界で活躍していることは、僕らの耳にも入っていた。

噂《うわさ》に名高い明蹟学園であれば、友禅と同種の人間がいるかもしれない。

自分と同じ【努力する天才】が相手ならば、今度こそ彼女も良好な人間関係を構築できるのではないか。

期待は泡と消えた。

この学校にすら、友禅に追い縋《すが》ることの出来る者はいなかった。

一年の前期。彼女は生徒会長に就任した。

他の生徒会役員との関わり合いを極限まで減らし『少なくとも敵対者じゃない』と確信している、僕だけを折衝役として横に置いた。

事実上、二人だけの生徒会が発足して二か月が過ぎた頃。夕暮れの生徒会室にて作業に取り組みつつ、僕は対面の友禅に尋ねた。

「……まだ、星に行きたいですか？」

「当然よ」

こちらへの一瞥《いちべつ》もなく即答。迷いは感じられない。

傍《はた》からは、すでに星へ辿《たど》り着《つ》いたように見える。しかし、当人にとっては不十分らしい。

……彼女の場合、星へ行くことは手段であって目的じゃない。戻れない場所へ突き進むことを、ただ眺めるのは憚《はばか》られた。

「もう貴方《あなた》を過度に攻撃する人間はいませんよ」

「人間は、隙あらば他者の足を引っ張り、蹴落とそうとする生き物よ。油断は出来ないわ」

だから自分は星を目指す。意志は固いようだ。

「どうやら、貴方《あなた》は本当に、遥《はる》か彼方《かなた》の惑星にいるようですね」

「言葉の通じぬ異星人だと言いたいのかしら」

「むしろ、逆です」

「逆?」

問い返した友禅《ゆうぜん》に、僕は宣言した。

「言葉が届くと思うから【もう貴方にミサイルを撃つ馬鹿はいない】と伝えるため、星まで行くんですよ」


一年生の後期。僕は生徒会選挙に立候補した。

友禅に対する、明確な敵対宣言に他ならなかった。

それを知った後も、彼女は普段通り、生徒会活動に従事した。しかし、どことなく、悲しげな表情を浮かべていた。

「まさか、貴方がミサイルを撃ってくるとは思わなかったわ」

「対話するために、ロケットで貴方のもとへ行こうとしているだけです」

「侵略者の論調ね」

憂いを孕《はら》んだ眼差《まなざ》しで、僕を睨《にら》みつける友禅。

「たとえ相手が貴方でも、容赦はしないわよ」

同等の対抗心で返した。

「……友禅さんは天才です。しかし、リーダーではありません」

一週間後。半期に一度の生徒会選挙を迎えた。学校生活に直結するため、半端な公職選挙より注目度は高いかもしれない。

僕の第一声が、体育館に響き渡った。

「まず、僕が生徒会長になったら、絶対に強権を行使しないと誓います。そして――」


「やっぱり、納得いかないわ」

生徒会選挙から数日。放課後の教室で、前生徒会長もとい新副会長の友禅は吐き捨てた。

選挙以降、ずっと似たような文句を唱え続けている。忍びなくなり、淡々と応じた。

「多くの学生にとって、誰がトップに立つかなど、些末《さまつ》な問題です。重要なのは、自分たちの生活に、どんな影響をもたらすか、です」

和装や武士道精神を押し付けてくる生徒会長よりは、未知数の生徒会長が唱えた【退学者の根絶と、対外的実績の維持を両立するシステム】が評価されたのだ。多分、僕自身は評価されていない。

複雑な思いを抱えた僕に、友禅《ゆうぜん》が聞いてくる。

「……制服は、和装のままでも良かったんじゃないかしら?」

「全校生徒にアンケートを行った結果、普通の制服に戻してほしいという意見が過半数を上回ったんです」

「……」

顔を真っ赤に染めた友禅が、悔しげに唇を噛《か》み締《し》めた。顔の横に【ぐぬぬ……】という文字列が見えた気がした。

めでたく、僕は星に着いた。

そして、彼女は一人じゃなくなった。

……なぜ、当時の僕は『言葉が通じさえすれば、コミュニケーションは円滑に進む』と思ったのだろう。謎だ。

はっとして、携帯電話の上部に表示された時刻を確認。

着席してから五分が経過している。思い出に浸り、時間を浪費するなど愚の骨頂だ。軽く頬《ほお》を叩《たた》き、眠気を飛ばしてから、作業机の引き出しを閉じる。コーヒーを淹《い》れようと、僕は一階へ降りた。

再びリビングを通った際、何となく尋ねてみた。

「……弥子《やこ》」

呼びかけに、弥子はすっと文庫本から目を上げる。

「数分だけ、相談に乗ってもらいたいのですが、時間はありますか？」

「構いませんよ」

弥子が脚を組み直し、文庫本に栞《しおり》を挟んでソファに置いた。

「これは、友人の話なのですが」

「はいはい」

「彼には好きな人がいるそうです。相手は隣席のクラスメイトです」

「ほう」

「普段の様子から、嫌われていないことは分かるのですが、恋愛感情を向けられているかどうかまでは読み取れないらしいです」

「なるほど」

「そこで、第三者目線で、両想《りょうおも》いか否か、判断してほしいと言われたんです」

僕は自身を指し示し、嘆き声で続ける。

「しかし、残念ながら僕に恋愛経験は皆無。ゆえに、弥子《やこ》の意見も聞かせてほしいんです」

「兄さん、自分も恋愛経験が豊富とは言い難《がた》い有様なのですが」

「僕よりは遥《はる》かにマシですよ」

懊悩《おうのう》の末、弥子は顔を上げた。

「分かりました。精一杯、答えさせて頂きます」

心中で弥子に感謝しつつ、僕は説明を開始した。

「まず、自分だけに対して、頻繁にボディタッチするそうです。彼が知る限り、自分以外にボディタッチしている所は、見たことがないとのことです」

「ふむ」

「また、二人で出掛けることや、一緒に登下校することにも積極的だそうです」

「ほう」

「更に、意図せず彼女へ急接近したり触ったりすると、途端に顔を赤くして挙動不審になるとの情報もあります」

「なるほど」

「加えて、誕生日には毎年プレゼントを贈り合っているそうです」

弥子は数秒で返答した。

「総合的に考えて、激アツかと思われます」

「なるほど、ありがとうございました」

協力してくれた弥子に、深々と頭を下げる。

コーヒーを淹《い》れて、自室へ戻る直前。僕はまた弥子に話しかけた。

「……もう一つだけ、聞いてもいいですか？」

「何でしょうか？」

「その女子の好意に薄々気付いておきながら、主体的にアクションを起こさない男子は、情けない臆病者だと思いますか？」

「というより、単純に不思議ですね。告白しない理由が無いのでは？」

「そう易々《やすやす》と告白できない理由があるんですよ。もっとも、本人の自業自得ではありますが」

「易々と告白できない理由、ですか。気になりますね」

首を傾《かし》げた弥子の疑問。僕は返事に詰まった。

「……いや、言うのは止《や》めておきましょう。本人の許可を得ていませんからね」

「なるほど。分かりました」

逃げるようにその場を去ろうとすると、弥子が声を掛けてきた。

「兄さん」

努めて平静を装って振り返る。彼女は真顔で言った。

「友達、いたんですね」

「……勿論《もちろん》です」

平淡《へいたん》に応じながら、僕はカップを持っていない方の手で、額の冷や汗を拭った。

6　幽霊の正体見たり○○

生徒会室へ向かう途中、携帯電話で時刻を確認。

一七時過ぎ。普段と比べて、少し遅くなってしまった。

夕陽《ゆうひ》色の階段を下り、渡り廊下で語らう生徒達と淡い影を避けて、小走りで生徒会室に入る。

友禅《ゆうぜん》、尾田《おだ》、笹木《ささき》はすでに到着していた。堂本《どうもと》はゲーム制作に集中するため、しばらくはリモート参加も難しいと連絡を受けている。

「お疲れ様です」

丁寧に挨拶。皆の返事を聞きながら、素早くソファへ身を沈める。

途端、友禅は切り出した。

「……これは、友人の話なのだけれど」

「友禅先輩、ストップっす」

常套句《じょうとうく》を、笹木が止める。彼は真顔で尋ねた。

「いつも、ご友人から相談を受けて、八神《やがみ》先輩に質問してるっすよね？」

「そ、そうね」

「だったら、ご友人が直接、八神《やがみ》先輩に【相談】したら良いんじゃないっすか？」

ふむ。確かに、その方が合理的だな。

反面、友禅《ゆうぜん》の友人は、それを望んでいない可能性もある。

同様の心持ちなのか、返答に窮する友禅。代わりに答えたのは尾田《おだ》だった。

「そんなの無理に決まってるじゃん！」

「何でっすか？」

笹木《ささき》の真顔を見て、尾田は眉根を寄せる。

「……本気で分からないの？」

「何の話っすか？」

「……くそっ！　ポーカーフェイスが上手《うま》い！　真意を読み取れない！」

悔しそうに歯噛《はが》みする彼女の横で、友禅が言った。

「分かったわ。友人を、ここへ連れてくるわ」

「ええ!?　どうやって!?」

目を見開く尾田。友禅は淡々と応じる。

「ただ連れてくるだけよ」

「……確かに、上手く人を使えば、不可能ではないかも」

神妙な面持ちで顎を撫《な》でる尾田。その真意はいまいち分からないが、友禅の友人には興味がある。一体、どんな人物なのだろうか。

数日後の放課後。

予定時刻に生徒会室へ来た人物は、何故《なぜ》か大きな白い布を被《かぶ》っていた。一応、顔の辺りに、目と思わしき黒丸が二つ描かれている。出来損ないの幽霊みたいな恰好《かっこう》だ。

それを視界に収めた途端、尾田が叫んだ。

「考え得る限り、最悪のパターンだ！」

何がそんなに嫌なのだろう。奇妙な出《い》で立《た》ちは気になるものの、実害はない。

「ヨロシクオネガイシマス」

ボイスチェンジャー越しのダミ声で、我々に挨拶する幽霊。

「……よろしくお願いします」

数秒、会釈が遅れてしまった。とりあえず、話を聞いてみる。

「どうして、白い布に身を包んでいるんですか？」

「個人情報保護ノタメデス」

「どうして、ボイスチェンジャーを使っているんですか？」

「個人情報保護ノタメデス」

人間と話している感覚が希薄になってきた。彼女に、姿を見せるつもりはないようだ。

仕方ありませんね。本来はお顔を見せていただくことになっているのですが、友禅《ゆうぜん》さんのご友人ですから、信用しましょう」

「アリガトウゴザイマス」

ぎこちない動作で、応接用のソファに腰かける幽霊。僕は彼女に言う。

「友禅さんは、どうしても外せない私用があるらしく、同席できないそうです」

「ハイ。本人カラ聞イテイマス。構イマセン」

「それでは、相談の内容をお聞かせください」

時間も限られているので、早速本題に入るよう促した。

「私、好キナ人ガイルンデス」

「承知しています」

「友禅先輩のせいで、情報が筒抜けっすからね」

半笑いで割り込む笹木《ささき》。幽霊が真っ黒な眼差《まなざ》しを向けた。

「笹木君、陰口ハ止《や》メナサイ。溶鉱炉ニ叩《たた》キ込ムワヨ」

「怖っ！　流石《さすが》、友禅先輩のご友人っすね！」

内心、笹木の名前を知っていることに驚いた。友禅から【余計な一言を言いがちな後輩】といった具合の紹介を受けたのかもしれない。

彼女は話を戻す。

「ソノ人、思ワセブリナ態度ヲ取ル割ニ、自分カラハ全ク動コウトシナイノ。ズルイノヨ」

「具体的には、どんな態度を取るんですか？」

質問と同時、胸中に一抹の不安が湧く。

友禅《ゆうぜん》の伝聞が全て真実ならば、彼女は『隣席の男子は、自分に好意を寄せている』と、無根拠に信じ切っているはず。そういう人間は、基本的に他者の意見に耳を傾けない。

つまり、今回の【相談】は、時間の浪費で終わる可能性が少なくない。

一方で、幽霊の心持ちが変化し、自身が感情的な決めつけをしてきたことに、気付いた可能性もゼロじゃない。

望みを託した問いに、彼女は一定のペースで答えた。

「SNS等デ連絡シタ際、夜一一時～朝七時ヲ除ケバ、一時間以内ニ返信ガ来ルワ」

妥当な返信スピードだな。

「……他には何かありますか？」

「ジュースヲゴ馳走《ちそう》ニナッタコトガアルワ」

「……なるほど。他には？」

「彼ノゴ両親ニ挨拶シタワ」

「……いつ、どこで？」

「放課後。学校カラ帰ル途中ヨ」

残念ながら、望みは潰えた。

「落ち着いて聞いてください。貴方《あなた》の勘違いです。彼は貴方のことを、何とも思っていません」

「ソンナコト無イワ。彼ハ確実ニ私ノコトガ好キヨ」

断言する幽霊。友禅から聞いていた通り、非常に頑固な性格の模様。

作戦変更。この場は彼女を刺激しないことに注力しよう。不用意に踏み込むのは危険だ。

「いずれにせよ、しばらく様子を見るべきですね。恋愛において、最も大切なのはタイミングです。変に焦って動くと、何事も上手《うま》くいきません」

幽霊は、返答に不満を滲《にじ》ませる。

「……貴方ニシテハ、捻《ひね》リノナイ回答ネ」

「元々、僕のマインドは常識的ですよ。いくつかの特例ばかりが広く知られているせいで、妙なイメージが先行しているに過ぎません」

ほとんどの生徒は、二、三の事案に関する言動から、僕を奇特な人間だと思い込んでいる。とんでもない誤解だ。僕は論理から外れた行動選択をしない。

これ以上は、有益な助言が出来ないと判断し、わざと話の脱線を図った。

「その男子生徒がどんな人物なのか、差し支えなければ、教えてもらえませんか？」

問うと、幽霊が饒舌《じょうぜつ》に語り出した。

「マズ、基本的ニ気配リ上手ネ。誰ニ対シテモ物腰柔ラカナ一方デ、考エ方ニハ芯ガアル。土壇場デノ胆力ヤ勝負強サモ持チ合ワセテイルワネ。真面目デ実直デ、イザトイウ時ニ頼レル存在ヨ」

「へぇ～。レン君みたいな人だね～」

冗談半分といった様子で言う尾田《おだ》。僕は淡々と返す。

「僕なんかより、ずっと素敵な男性ですよ」

だからこそ、幽霊をも引き付けてしまうのだろう。罪深い色男だな。

見知らぬ男子生徒に同情していると、幽霊は僕に聞いてきた。

「ト、トコロデ、八神《やがみ》クンハ、好キナ人イナインデスカ？」

「……そうですね。今の所、そういう相手はいません」

「私ノ友人デアル友禅《ゆうぜん》リリハ、ドウデスカ？　オススメデスヨ」

「友禅さんのような素敵な女性は、僕になど見向きもしませんよ」

「ソ、ソンナコトナイワ。彼女ハ貴方《あなた》ヲ、素敵ナ人ダト言ッテイタワ」

明らかな嘘《うそ》。見過ごす訳にはいかない。

「適当なことを言ったと発覚すれば、後で友禅さんに怒られますよ」

「オ、怒ラナイワ。彼女ト私ハ一心同体ダカラ」

この発言を聞いて、笹木《ささき》が再び口を挟む。

「ってことは、貴方も友禅先輩と同様に、八神先輩を素敵な人だと思ってるんすか？」

問いに、彼女はもじもじしながら応じた。

「……ニ、人間トシテ尊敬シテイマス」

「ははっ。八神先輩、モテモテっすね」

「からかわないでください」

一瞬、幽霊が可愛《かわい》く見えてしまった。不覚だぜ。

後日。

【家庭科室に幽霊が出る】という噂《うわさ》を小耳に挟んだ。時折、赤子のうめき声のようなものが聞こえるそうだ。

十中八九、どの学校にも存在する街談巷説《がいだんこうせつ》。不安や恐怖などのネガティブな感情が、ありもしない虚像を肥大化させているだけ。信じるに値しないデマ。

……ただし、不法侵入者の可能性もゼロじゃない。要警戒である。

幽霊と言えば。

「友禅さんのご友人は、とてもユニークな方ですね」

もじもじする幽霊を思い出しながら、隣で作業中の友禅《ゆうぜん》に言った。彼女は気まずそうに俯《うつむ》く。

「そ、そうかしら？　普通だと思うけれど」

ひょっとすると、幽霊の言動に違和感を覚えない友禅もまた、特殊な価値観の持ち主なのかもしれない。

そんな彼女に薄目を向けていた尾田《おだ》が、何気なく呟《つぶや》いた。

「……直接は本人に言えなかったことを、友ちゃんを介して、それとなく伝えてあげようよ」

「え」

困惑の面持ちを浮かべる友禅。それを意に介さず、笹木《ささき》が先陣を切った。

「問題は、自分がずれていることに、気付いていないことっすよ。マジ危ない人っすよ」

友禅の様子に注意しながら、僕も言葉を発する。

「……危険かどうかはさておき、彼女の動向には、気を配っておくべきでしょうね」

曖昧な態度に、鼻を鳴らす笹木。

「甘いっす。何かやらかす前に、正体を特定すべきっすよ」

「っ！」

友人を詮索するような真似《まね》は看過できなかったのか、友禅がこちらへ顔を向けた。ただ、反論は尾田が手で制する。

「だ、大丈夫！　あたし、知ってるよ！　あの子の正体！」

突然の宣言を受けて、笹木は前のめりになった。

「誰っすか？」

「言わないよ！　個人情報だもん！」

何度も首を横に振る尾田。友禅が尋ねる。

「本当に、正体を知っているの？」

「当然だよ！　逆に、あれで隠せてるつもりなのかな⁉　問いただしたいよ！　あの幽霊ちゃんに！　略して幽ちゃんに！」

強い語調でまくし立てる尾田。友禅は表情を強張《こわば》らせた。

「とにかく！　あの子の動向は、あたしが責任を持って監視しとくから！　レン君たちは余計なことしないで！」

「分かりました。そこまで言うならお任せしましょう」

よほど幽霊のことを、危険因子と捉えているのだろう。監視係は適役と言える。

一応の区切りが付いた所で、【相談】を予約していた生徒が現れた。

猪狩玄貴《いかりげんき》。三年B組。家庭科部部長。短髪がよく似合う、大人びた顔つきの男子生徒だ。

彼は厳《いか》めしい面持ちで言った。

「先日はすまなかった」

「気にしないでください。何事にも失敗は付き物です」

僕は丁重に応じる。

二日前。家庭科部員が調理していた魚を焦がし、火災報知器を作動させてしまった際、部長である猪狩さんは勿論《もちろん》、我々生徒会も事後処理に関わった。そのことを気に病んでいるようだ。

とは言っても、それほど大事《おおごと》になった訳じゃない。にも拘《かか》わらず、ちゃんと後輩へ謝罪するとは、律儀な人だ。

「確認させて頂きたいのですが、【相談】は別件ですよね？」

質問に頷《うなず》く猪狩さん。彼は若干ハスキーな声で言った。

「頼む。幽霊の正体を突き止めてくれ」

「幽霊に扮《ふん》する何者かの正体を突き止めてほしい。ということでしょうか？」

「幽霊を祓《はら》ってほしい場合は、生徒会ではなく霊能者に頼むさ」

「幽霊など存在しません」

断言に、何故《なぜ》か笑う猪狩さん。僕は話題の軌道を修正する。

「ちなみに、心当たりは？」

猪狩さんがずいと顔を寄せて、小声で訊《き》いてくる。

「……生徒会が秘密裏に飼育している、非常に獰猛《どうもう》なドーベルマンの訓練を、夜間の学校で行っているという噂《うわさ》を小耳に挟んだが、もしや」

「デマです」

何のためのドーベルマンだよ。何のための訓練だよ。

「じゃあ、君が女生徒と一緒に、夜更けの家庭科室へ入っていったという目撃情報も」

「デマです」

……見られていたか。もっと慎重《しんちょう》に行動せねば。

恐怖の感情を見え隠れさせながら、猪狩さんが断言する。

「だとしても、あそこには、確実に何かがいるぞ」

そこまで言われては、静観できない。

「……分かりました。チェックしてみます。この際ですから、設備点検も前倒しでやってしまいましょう。顧問の殿上《とのうえ》先生は、まだ学校にいらっしゃいますか？」

「あぁ。家庭科準備室にいるはず。明日の部活で作る、もつ鍋の準備中だ」

「……プリン体の摂取は控えるよう、猪狩さんからも注意してあげてください」

猪狩《いかり》さんが退席した後、僕は生徒会の皆に方針を伝えた。

「とりあえず、今夜は僕一人で、軽く家庭科室をチェックしてみます」

「どうして一人で行くの？」

即座に返したのは友禅《ゆうぜん》だった。

「危険人物が潜伏している可能性もゼロではありません。わざわざ全員が危険を冒す必要はないでしょう」

……加えて、あの事件に関係している可能性もあるから。

「逆よ。危険だからこそ、複数人で行動すべきなのよ」

口ぶりからして、譲るつもりはなさそうだ。

その時、笹木《ささき》と尾田《おだ》が小さく手を上げた。

「すんません。今日はちょっと厳しいっす」

「ごめん！　あたしも予定入ってるからムリ！」

全員の意見を考慮し、結論を出す。

「では、日を改めましょう」

「……そんなに私は足手まといかしら？」

冷たい声音での問い。慌てて否定した。

「そういうつもりで言った訳ではありません」

「口では何とでも言えるわ」

間を置かず、友禅は言い切る。

「私は今日、一人でも行くから」

「止《や》めてください。危険です」

「なぜ？　貴方《あなた》は最初、一人で行こうとしていたのに」

一瞬、言葉に詰まった。が、問題ない。

「友禅さんが怪我《けが》を負い、本来のパフォーマンスを発揮できなくなることは、ご自分にとっては勿論《もちろん》、人類にとっても大いなる損失です。しかし、僕が少しばかり怪我したとて、他者への影響は比較的軽微です。どちらがリスクを取るべきかは言うまでもありません」

「人類なんか、どうでもいいわ」

すごいことを言い出した。口の端から苦笑が漏れてしまう。

「友禅さんにとって、人類はどうでもいいかもしれませんが、人類にとって、友禅さんはどうでもいい存在ではありません」

「私にとって、貴方はどうでもいい存在じゃないわ」

「……ありがとうございます」

いや、待て。喜んでばかりもいられないぞ。このままじゃ、どこまでいっても平行線だ。

唸《うな》っていると、いきなり尾田《おだ》が会話に入ってきた。

「こういう状態になっちゃった以上、友ちゃんから目を離す方が危険なんじゃない？」

「……と、言いますと？」

「レン君にとって最も避けるべき事態は、自分が認識できない場所で、友ちゃんが危険に晒《さら》されることでしょ？」

勿論《もちろん》だ。首肯。彼女は平然と話を続ける。

「一緒にいれば、少なくとも『事が起きた時点では、友ちゃんの危機を把握できていない』なんてことにはならないよ」

「……」

確かに、それもまた事実。

「あと、このまま無理やり帰らせたら、友ちゃん、一人で学校に来ちゃうかもしれないよ？　その方が危なくない？」

反射的に目を向ける。友禅《ゆうぜん》はあからさまに顔を逸《そ》らした。

「……こ、来ないわ」

うわっ、来そう。

しばし懊悩《おうのう》した後、僕は溜《た》め息交《いき》じりに答える。

「……分かりました。友禅さん、一緒に行きましょう」

一九時の時点で、校舎内に人影はほとんどない。

生徒会室には、僕と友禅の二人だけ。二〇時以降に、家庭科室から子供のうめき声が聞こえるそうなので、機が熟すのを待っているのだ。

先生には、書類整理の仕事が溜まっているため、帰宅が遅くなるかもしれないと伝えてある。流石《さすが》に面と向かって『幽霊の正体を確かめるため、夜半まで学校に残ります』とは言えない。

何気なく、右隣の友禅に聞いてみる。

「友禅さんは、幽霊を信じていますか？」

「信じていないわね。微塵《みじん》も」

断言した彼女の手は、微《かす》かに震えている。

それを誤魔化《ごまか》すためか、両腕を組む友禅。元気づけようと声をかけた。

「出会った当初は、何事にも動じないタイプだと思っていましたよ」

「そう言う貴方《あなた》は、要人を暗殺する時ですら表情を変えないタイプでしょう？」

「今の所、要人を暗殺する予定はありません」

やむを得ない場合はゴルゴに依頼する。

「……愛想が無いから、不機嫌に見えるのかしら？」

伏し目がちな友禅《ゆうぜん》の問い。ＹＥＳ、と即答することは憚《はばか》られた。

あまり知られていないが、友禅は、かなりエモーショナルな性格だ。ひょっとすると、尾田《おだ》よりも感情の起伏が激しいかもしれない。

何故《なぜ》それが伝わらないのか。愛想が無いからだ。

「愛想の有無では、人間の本質を測ることなど出来ませんよ」

「質問の答えになっていないわ」

唇を尖《とが》らせて、追及してくる友禅。僕は逃げの一手を打った。

「では、友禅さんなりに、愛想の良い態度を取ってみてください。それを基《もと》に判断します」

「むぐっ」

困り顔の友禅は、一〇秒ほど唸《うな》った末、僕の右肩に頭を置いた。

恥ずかしながら、何も言えず黙り込む僕に、友禅がおそるおそる尋ねる。

「こ、これで満足？」

「……ありがとうございます。貴方《あなた》は、愛想の良い人ですよ」

「馬鹿にしてる？」

「していません」

きっぱり言い切ったのだが、友禅は信じていないようで、頬《ほお》を膨らませている。

　空気を変えようと、僕は補足した。

「ただ、好意を抱いていない男子に対して、こういった接触の仕方は控えた方がいいでしょうね。妙な勘違いをされかねません」

「……そうね。好意を抱いていない相手に、こういうことをするのは控えるわ」

　そう言っておきながら、僕の肩に頭を置いたまま、友禅は動こうとしない。艶《つや》やかな銀髪が首筋を撫《な》でてくすぐったい。

　右へ左へ、視線を彷徨《さまよ》わせていると、彼女が呟《つぶや》いた。

「……どうして、何でも一人で背負い込もうとするの？」

「……複数人での行動中に、不審者と遭遇した場合、全員が何らかのダメージを負うリスクがあります。単独行動であれば、リスクを負うのは一人だけであり、異常が起きた場合は他の人間が対処に動けます」

　ルールに則《のっと》った、論理的な行動選択だ。

「じゃあ、私一人で来ても、問題なかったはずよ」

「これはあくまで仮説です。実際に上手《うま》くいくか、検証する必要があります。その前段階で、自分以外の他者を巻き込みたくなかったんですよ」

　何かが起きた場合、責任が取れないから。

「……今回に限った話じゃないわ。貴方はいつも、一人で動こうとするでしょう？」

若干、責めるような友禅《ゆうぜん》の口調。真摯に応じる。

「背負い込みたい訳ではありません。他者に背負わせたくないだけです」

損な役回りをしたいのではなく、損を押し付けたという罪悪感から逃げているだけ。

言い換えると、そういうマイナスの感情を、周囲の他者に背負わせているのだ。

「貴方《あなた》はきっと、一人でも生きていける。……それが堪《たま》らなく寂しいのよ」

沈痛な面持ち。消え入りそうな声。胸が締め付けられる。

しかし、意見自体には賛同できない。

「誰かがいないと生きていけないなんて、あまりに不安定で歪《いびつ》です」

「誰にも依存しないための最適解は、多数の人間に緩く依存することだそうよ」

「理解できませんね」

それは、自分を支えてくれる人間を、軽んずる行為じゃないだろうか？

「自分一人に依存している状態の方が、よっぽど不安定で歪よ。一人の他者に依存しているのと大差ないわ」

今この瞬間、僕は完壁に論破された。返答にも、数十秒を要した。

「……頼り方が、分からないんですかね」

口の端から本音を漏らすと、友禅が僕の肩から頭を離す。

「難しくないわ。寄りかかればいいのよ」

事もなげに言って、彼女は自身の左肩を軽く叩《たた》いた。

自分でも驚くほど、素直に、友禅の肩へ身を寄せることが出来た。

……感情的なアクションじゃない。実践によって『正しい他者への頼り方』を習得するための、論理的な行動選択だ。断じて、ルール違反じゃない。

「……重くないですか？」

「平気よ。見くびらないで」

顔を背けた友禅の左耳が、薄く染まっている。

彼女に対し、ある種の負荷を掛けていることに罪悪感を覚えながらも、離れることが出来ない。

だから、感情的な行動は控えねばならないのだ。

論理的な行動選択こそ至上と考える僕でさえ、一度でも感情の赴く方へと傾けば、容易には戻れなくなってしまう。

……この状態に慣れてしまうことが、僕は恐ろしい。

その日の巡回では、幽霊の正体と思わしき痕跡を見つけることが出来なかった。

以降、数日にわたって巡回を行っているが、特に進展はない。どうしたものか。

ぼんやりと考えながら、昼食を摂《と》っていると、隣席の友禅《ゆうぜん》が言った。

「これは友人の話なのだけれど」

「ふむ」

「好意を寄せている男子が、自分を頼ってくれないらしいの。どうすれば、頼ってもらえるかしら？」

緑茶を飲み干してから答える。

「信用が不足しているから、頼られないのでしょう」

友禅は、眼差《まなざ》しで詳細を尋ねてきた。

「当然ながら、相手を信頼していなければ、頼ることは出来ません。つまり、ご友人と男子の間には、然《しか》るべき信頼関係が育まれていないのです」

「……へぇ、そう。信頼していないから、頼らないのね」

不満顔で呟《つぶや》く友禅。

「勿論《もちろん》、例外はあります。相手を守るべき対象と捉えている場合、易々《やすやす》と頼ろうとはしないでしょう」

「その場合、相手側は良い気分じゃないでしょうね。大切な人から、役立たずだと思われているのだから」

「そういうつもりで言った訳ではありませんよ」

「そういう風に聞こえたわ」

眉根を寄せたまま、彼女は手で口を押さえて欠伸《あくび》した。

「寝不足ですか？」

尋ねた僕に、何故《なぜ》か友禅は半眼を向ける。

「八神《やがみ》君が、暇さえあれば幽霊の話をするせいで、なかなか寝付けないのよ」

「それは申し訳ありません」

誠心誠意、謝罪。

直後。彼女は、探るような眼差しで僕の顔を覗《のぞ》き込《こ》んだ。

「……本当に、悪いと思っている？」

「勿論です。僕に出来ることがあれば、何でも言ってください」

友禅は即答した。

「じゃあ、寝る前に電話して」


午後一一時。

生まれて初めて、僕は午後八時以降に電話を掛けた。

「もしもし、八神です」

『も、もしもし』

スピーカー越しに、友禅《ゆうぜん》の声と、衣擦《きぬず》れの音が聞こえる。布団の中にいるからだろう。僕とほぼ同じ体勢だと思われる。

暗闇で携帯の画面を眺めることに疲労感を覚え、枕元の間接照明を点《つ》けた。

少し声を弾ませて、彼女が聞いてくる。

『緊張してる？』

「……分かりますか？」

『何となく』

「目的が明確ではない電話をすること自体、初めてなんです」

友禅はくすくすと笑う。

『そうよね。貴方《あなた》、電話するの嫌いだから』

「嫌いではありません。相手の都合を無視して、意識に介入することを避けたいんです」

『【他者に○○しない】という宣言は、【自分に○○するな】という宣言と同義よ』

「……」

つまり僕は、意図せず友禅たちに【僕に電話するな】と宣言していたのか。

自覚なく周囲を振り回していたことを反省しつつ、質問した。

「本当に、こんなことでいいんですか？　もっと他に遣《や》り様があると思うのですが」

『いいの。八神《やがみ》君の声が聞こえると、安心できるのよ』

それはつまり、僕との会話が退屈だから、睡眠導入に適しているだけじゃないのか？

疑問を本人にはぶつけない。ぶつける必要が無いからだ。あくまでルールに従っただけ。

ビビったわけじゃない。

不意に、友禅が、声を潜めて言った。

『一緒のベッドで寝てるみたい』

「っ！」

背筋に、得も言われぬ寒気が走った。

「……からかわないでください」

『声、上擦っているわよ』

「回線の不具合でしょう」

いつも以上に、感情的な言動をしないよう注意せねば。

上がった体温を下げるべく、主題に入る。

「で、何について話しますか？」

事前に考えていたのか、友禅は素早く返した。

『読み聞かせはどうかしら？　情報を追うだけだから、さほど頭を使わないし、睡眠導入にも効果的な気がするわ』

「そうでしょうか？　作品によっては、眠気が飛んでしまうかもしれませんよ？」

『読んだことのある作品だったら、負荷は少ないはずよ』

「なるほど、一理ありますね」

個人的には、私情を差し挟む余地がない点もありがたい。

自分が所持しており、友禅《ゆうぜん》も既読の作品。あっても四～五冊かな。

候補を見繕っていると、彼女は言った。

『せっかくだから、二人とも持っている本を、一緒に読まない？』

「聴くことに専念した方が、眠りやすいと思いますが」

『貴方《あなた》だけに読ませるのは忍びないわ』

「そういうことですか。分かりました。一緒に読みましょう」

となると、更に選択肢は限られる。睡眠導入が目的であるならば、目を酷使する電子書籍も、避けた方が無難だ。

全ての条件を満たしているのは、僕たちが小学生の頃に流行《はや》った恋愛小説だけだった。

「これ、好きだったわ。懐かしいわね」

感慨深げな呟《つぶや》き。不意に疑問が湧いた。

「この作品、読んでいたんですね。流行った当初は『感動を押し付けてくる展開が肌に合わないから、途中で読むのを止《や》めた』と仰《おっしゃ》っていましたよね？　心変わりしたんですか？」

指摘すると、彼女は気まずそうに声音をトーンダウンさせる。

『……そ、そうだったかしら』

「間違いありません」

だから僕は、友禅の前で、この作品について話さないよう注意していたのだ。

スピーカーの向こうから、小さな溜《た》め息《いき》が聞こえた。

『ミーハーな奴《やつ》だと思われるのが嫌で、好きではないフリをしていたのよ』

「なるほど」

失礼ながら、友禅らしいと思ってしまった。

思い出し笑いをしながら、本を用意。間接照明の位置と明るさを調整してから、ページを捲《めく》る。

「そういえば、ドラマ化された際、この主人公は、声の渋い役者さんが演じていましたね。僕の声だと違和感があるかもしれませんが、どうか目を瞑《つぶ》ってください」

「……だから、あのドラマは駄目だったのよ」

「どういう意味ですか？　素敵な演技だったと思いますが」

「……演技じゃ足りないわ」

あの俳優さんが、そんなに好きだったとは知らなかった。代わりが務まるかどうか、自信はないが、精一杯やらせていただこう。

議論の末、地の文は僕が読むことになった。ヒロインを含む女性キャラの台詞《せりふ》は友禅《ゆうぜん》が読み上げ、主人公を含む男性キャラの台詞は僕が読み上げるという役割分担だ。

物語の大筋は、春を迎えると溶けてしまう女性と、心を極限まで凍《い》てつかせた青年の、恋物語。

舞台は、気候変動によって、急激に寒冷化が進んだ地球。このままでは、これまでの人間活動が維持できなくなると危惧されている。

主人公の青年、宇都宮春樹《うつのみやはるき》は気象学者。彼の研究が完成すれば、寒冷化を食い止めることが出来ると言われており、世界中が彼に強い期待を抱いている。

その一方で、春樹自身は、ただ思い出の桜が咲いている様子を見たいだけ。寒冷化の抑制は手段に過ぎない。桜を見ることだけが彼の目的であり、それさえ成し遂げれば、死んでもいいとさえ思っている。

そんな彼の前に、とある女性が現れる。

女性は『地球の免疫』を名乗り、自分が誕生した経緯を語る。

彼女曰《いわ》く、昨今の寒冷化は、地球が『人間』という細菌を滅ぼさんとした結果だそうだ。

しかし、それでも現代的な人間活動が完全に止まることはなかった。そして、遂《つい》に地球は、人類と直接コミュニケーションを取ろうとした。

その結果、生まれたのが自分だと言うのだ。

ただし彼女は、その賢さゆえに、自分のような存在一つだけでは、人間活動を止めることなど出来ないと理解している。

ゆえに、目立ったアクションを起こすつもりはなく、地球の明確な絶命および、人類の緩やかな衰退を見届けようとしている。

そんな彼女と話している最中に、春樹は一枚の写真を落としてしまう。

それは、彼が肌身離さず持ち歩いている、咲き誇った桜の写真だった。

その写真に心を奪われた女性は、春樹に頼み込む。

「私に、桜を見せて」

寒冷化が進んだ世界しか知らない彼女は、咲き誇る桜を見たことが無かったのだ。

こうして、二人は共に行動するようになる。

名前の無い彼女を、春樹は『雪《ゆき》』と呼んだ。

共に日々を過ごす中で、二人は徐々に打ち解けていく。

やがて、雪に桜を見せることが、春樹の目標になっていく。

しかし、どれだけ足掻《あが》いても、桜が咲き誇る場所へ雪を連れて行く方法は見つからない。

その間に、春樹の研究を応用した、寒冷化抑制計画は着実に進行。

計画開始が一週間後に迫った日。春樹《はるき》は雪《ゆき》と一緒に、思い出の桜を見に行く。

『……手、握ってもいい?』

驚くほど、友禅《ゆうぜん》の声が、イメージと合致した。

「……いいよ」

絞り出した僕の声に、彼女は雪の台詞《せりふ》で返す。

『あったかいね』

「……そうだね」

不思議と手に温《ぬく》もりを感じた。

『溶けそう』

「止《や》めてくれよ。縁起でもない」

いずれ彼女は消えてしまう。避けようのない残酷な現実が、二人を蝕《むしば》む。

噛《か》み締《し》めるように、友禅が呟《つぶや》いた。

『咲いている所が見たいな』

「……あぁ、一緒に見よう」

返事すると、寂しげに笑う友禅。

『無理だよ』

「無理じゃない」

聞き分けの無い子供に言うみたく、友禅は繰り返した。

『無理だよ。私、消えちゃうから』

「消えない。消させない」

たっぷり、一〇秒ほどの間を置いてから、彼女は聞く。

『また私を、一人にするの？』

「……」

雪が助かる方法は、人生の春が、来ないようにすること。

すなわち、春樹の消失こそが、唯一の解決策。

だが、彼女はそれを望まない。

『どこにも行かないで。最後まで、貴方《あなた》の横にいさせて』

「……あぁ、どこにも行かないし、君を消させはしない」

断言に、くすりと小さく笑う友禅。

『欲張りだね』

「ただ一緒にいたいと思っただけだ」

『それ以上の欲張りなんか、この世に存在しないよ』

声が震えている。

「……友禅《ゆうぜん》さん、大丈夫ですか？」

慌てて聞くと、洟《はな》をすする音が返ってきた。

『ご、ごめんなさい。ちょっと、待って』

「少し休憩しましょう」

以降も、五回ほど休憩を挟んだため、読了までトータルで四時間弱かかってしまった。

カーテンの隙間へ目を向ける。空が白み始めていた。

『結局、眠れないまま時間だけが過ぎてしまったわね』

「選択ミスでしたね。まさか、まだ感動が色褪《いろあ》せないとは」

敗北感に浸っていると、友禅の声が聞こえなくなったことに気付いた。

「友禅さん？　起きていますか？」

『………………』

「起きているか否かは、息遣いで分かりますよ」

『……よく見破ったわね。褒《ほ》めてあげる』

「ありがとうございます」

ちなみに、息遣い云々《うんぬん》はブラフだ。僕にそれほどの観察力はない。

一〇分ほど談笑した後で、今度は僕が仕掛けた。わざと黙り込んだのだ。

怪訝《けげん》に思ったのか、友禅が尋ねてきた。

『起きてる？』

「……」

無言を貫く。仕返しだ。

『起きているか否かは、息遣いで分かるわよ』

「…………………………………………………………」

『……私より先に眠ったら、意味が無いのに』

不満げに言い捨てる友禅。やはりブラフだったか。無音のガッツポーズで勝利を喜ぶ。

さて。始めてみたものの、いつどこで起きていたと明かせばいいのだろう。適切なタイミングが分からない。

遅まきながら、これこそ感情任せのアクションだと気づく。自己嫌悪の念が湧いた。

今、僕は、ただただ友禅の時間を奪っている。最低の行動だ。

……寝ぼけたフリをして、通話を終了すべきか？

いや、急に通話が途切れた場合、彼女に無用な気苦労を与えてしまう可能性もある。

幸い、迷っている間も、友禅は通話を切らなかった。

『……これは、友人の話なのだけれど』

心中で相槌《あいづち》を打つ。

『貴方《あなた》に、好意を寄せているの』

なんと。

『【一生懸命アピールしてるのに、貴方はちっとも気付いてくれない】と怒っていたわ』

困ったな。

しばし間を置いてから、友禅《ゆうぜん》は呟《つぶや》いた。

『ねぇ、貴方は、どこまで気付いているの？』

「………」

その言葉、そっくりそのままお返ししたい。

『おやすみ』

「……おやすみなさい」

『え』

とやかく言われる前に、通話を終了した。

翌朝。目覚めた時点で両親は家を出ていたが、妹の弥子《やこ》は朝食の真っ最中だった。背筋をぴんと伸ばして、ハムとチーズのホットサンドを頬張《ほおば》っている。

平静を意識しつつ、対面に着席。コーヒーを啜《すす》りながら話しかけた。

「弥子。数分だけ、話を聞いてもらってもいいでしょうか？」

「構いませんよ。急いでいませんから」

ホットサンドを野菜ジュースで流し込んだ弥子が、こちらに顔を向ける。

「これは、友人の話なのですが」

「もしや、以前の相談で登場したご友人でしょうか？」

「……はい、そうです」

嘘《うそ》じゃない。一呼吸入れて続ける。

「彼が、とある女子から、好意を寄せられていると判明したんです」

「それは、彼が好意を寄せている女子とは別人ですか？」

問いに頷《うなず》いた。理解が早くて助かる。

「ただし、その情報は、彼が好意を寄せる女生徒によって、伝えられたものです。つまり、その女子が、暗に自らの思いを彼に伝えている可能性もゼロではないと、僕は考えています」

「なるほど。あり得ると思います」

言いながら、彼女は残りのホットサンドを一気に口へ放り込み、野菜ジュースを飲み干した。そして、僕の相談に回答する。

「以前のお話も考慮すると、諦めるのはまだ早いと思います。是非とも、ご友人を励ましてあげてください」

「なるほど。助言、ありがとうございます」

感謝を述べて、席を立った。

コップを洗っていると、弥子《やこ》が抑揚のない声で質問してきた。

「兄さん」

「何ですか？」

「つかぬ事を伺いますが、さっきのは、誰の話ですか？」

一瞬、面食らったものの、僕は淀《よど》みなく返した。

「友人ですよ」

登校前に、友禅《ゆうぜん》の自宅前で、彼女と合流した。

エントランスから現れた友禅は、あっという間に僕の方へ距離を詰めてきた。

彼女は火照った顔で詰問してくる。

「ど、どこから起きていたの？」

「何の話でしょうか？」

「さ、昨夜の話よ」

「あぁ、昨日はいきなり切ってしまい、すみませんでした。掛け直そうかと思ったのですが、これ以上は迷惑かもしれないと思い、止《や》めておいたんです」

「そんなのどうでもいいわ」

僕の主張を一刀両断し、友禅はこわごわと尋ねてきた。

「あ、貴方《あなた》、途中で眠ったでしょう？　……その時、何か聞こえなかった？」

「不意に、友禅さんの【おやすみ】という声が聞こえたので、慌てて返事しました。その時、指が画面に当たってしまい、誤って通話を終了してしまったんです」

淀みない説明。彼女は訝《いぶか》しげに僕を睨《にら》む。

「……本当に？　ちょっと、都合が良すぎない？」

「そう言われましても、事実です」

平然とした口ぶりで躱《かわ》した後、今度は僕から質問した。

「僕が寝ている間に、何か起きたんですか？　僕が寝ぼけて、妙なことを口走りましたか？」

途端、返答に詰まる友禅。頬《ほお》がほんのり紅潮する。

「別に、そういう訳じゃないわ。覚えていないなら、それでいいのよ」

手で口を押さえて欠伸《あくび》しながら、彼女は強引に話題を打ち切った。

「夜間の電話は、逆効果ではないでしょうか？」

「そ、そんなことないわ。昨夜が特別だったのよ」

顔を赤らめた友禅《ゆうぜん》の呟《つぶや》き。一瞬、返答に詰まった。

「……誤解を与えかねない表現は、控えた方が無難かと」

「……変態」

善意の忠告だったのに。そっぽを向く友禅に薄目を向ける。

先ほどの発言を掘り下げると気まずくなりそうなので、話題を別方向へ。

「幽霊の件は、根も葉もない噂話《うわさばなし》だったのかもしれませんね」

「……」

「今日、何らかの痕跡を見つけられなかったら、調査は一旦打ち切りとしましょう」

「…………分かったわ」

完全に納得したわけではなさそうだったが、友禅はそう言ってくれた。


最終日の巡回も、空振りに終わった。

その翌日。日没後。僕は単身、学校を訪れた。

二〇時過ぎ。生徒会室を出て、廊下を進み、家庭科室へ。

少しずつ違和感が大きくなっていく。

うぅ、あぁ、うぅ、あぁ、といった具合のうめき声が、どこからともなく、しかし確実に聞こえてくる。

とうとう家庭科室の前まで来た。何かが僕の到来を察知したのか、うめき声は止《や》んだ。

入室。微《かす》かな物音が聞こえる。

……掃除用具ロッカーの中に、何かが、いる。

ロッカーに触れた途端、

「……ア、アケルナァ」

ボイスチェンジャー越しのダミ声が響き、ロッカーは不気味に軋《きし》んだ。

意を決し、数秒の間を置いてから、開け放った。

大きな白い布を被《かぶ》った、人間サイズの何か。顔と思《おぼ》しき辺りに記された二つの黒丸が、僕を見つめている。

「……何をやっているんですか？　幽霊さん」

所在なげに身を捩《ねじ》った彼女は、布の中から顔だけを覗《のぞ》かせた。

「……わ、私よ。友禅《ゆうぜん》りり」

突然の登場。困惑を隠せない。

「なぜ、友禅さんがこの布を？」

「か、借りたのよ。友人から。ボイスチェンジャーも一緒に」

「何のために？」

「……」

黙り込んだ友禅は、再び布の中へ紅《あか》い顔を引っ込めた。

……ひとまず、ご同行を願おう。


翌日の放課後。

目の前で、友禅が正座させられている。生徒会室の床に敷かれた、茶道部が廃棄した薄い座布団の上で、身を縮こまらせている。

苦々しい面持ちを浮かべて、頻繁に姿勢を変える友禅。和装を好む彼女だが、昔から正座は苦手なのだ。

事情聴取でもしているつもりなのか、やや芝居がかった挙措《きよそ》で、尾田《おだ》が友禅に確認した。

「つまり友ちゃんは、自らを囮《おとり》として、幽霊騒ぎの根本的原因を突き止めようとしたの？」

「……そうよ」

「この間まで『人類なんかどうでもいい』って言ってたのに？」

「……幽霊は人類じゃないわ」

「幽霊陣営なの⁉」

人類への敵対宣言に、驚愕《きょうがく》を隠せない様子の尾田。

彼女にばかり任せていては、進む話も進まない。僕は友禅に尋ねる。

「友禅さんは、本当に、幽霊の正体ではないんですね？」

「ええ、神に誓うわ」

となれば、狙いは一つしかない。

「幽霊の騒動を、独力で解決すれば、僕の考えを改めさせることが出来る。そう考えたんですね」

ぷくっと頬《ほお》を膨らませた友禅が、不服そうに言い捨てた。

「……仕方ないでしょう。試合に出場させてもらえない選手は、能力を示すことすら出来ないのだから」

示すまでもない。友禅の有能さは、誰よりも理解している。

自身を指し、僕は本心を伝えた。

「もう二度と、一人で危険地帯に飛び込まないでください。遠慮せず、寄りかかってください」

「……こっちの台詞《せりふ》よ。『一日打ち切る』と言ったくせに」

「何か言いましたか？」

「何でもないわ。お気になさらず」

不満げに言って、友禅《ゆうぜん》は素早く正座を崩した。

そんな彼女の様子を見て、図らずも安堵《あんど》の言葉が漏れる。

「それにしても、無事で良かったです」

「大袈裟《おおげさ》よ。本当に幽霊がいるわけでもあるまいし」

「……」

「……え？　いるの？」

表情筋を強張《こわば》らせる友禅。笹木《ささき》は狼狽《ろうばい》を露《あら》わにした。

「や、八神《やがみ》先輩、霊感とかあるタイプっすか⁉　勘弁してほしいっす！」

「霊感があること自体は、周囲に実害を及ぼしませんよ」

「まず、霊感があることを否定してほしいっす！」

その点に関しては、ノーコメントを貫いた。

これにて一件落着。（？）

我々は帰り支度を済ませて、生徒会室を後にした。今日は早めの店仕舞《みせじま》いだ。

途中、家庭科室の横を通った際、尾田《おだ》が呟《つぶや》いた。

「……何か、声、聞こえない？」

笹木が目を細める。

「び、ビビらそうとしても無駄っすよ」

「いや、マジだって！」

「僕が確認します」

皆に先んじてチェックへ向かう。

幸か不幸か、正体はすぐに判明した。

「ひとまず、安心してください。通報は不要です」

音の発生源と共に、皆のもとへ帰還。

「……猫？」

僕の手中に収まった黒猫は、友禅の言葉に、あぁ、うぅ、と猫らしからぬ鳴き声で応じた。

黒猫が家庭科室に入り込んだのは、およそ一週間前だと思われる。

おそらく、家庭科部員が魚を焦がした際、換気のために窓を開放したタイミングで、家庭科室へ侵入。閉じ込められてしまったのだろう。

備え付けられた水道の蛇口から水が垂れていたため、猫は水分補給が出来たそうだ。食べ物は、顧問の教員や生徒が冷蔵庫で保存していた食べ物（刺身や、加熱用のサンマやサバなど）を失敬していた模様。猫を飼っている笹木《ささき》いわく、手が届けば、猫は冷蔵庫の扉を開けられるそうだ。

この件を猪狩《いかり》さんに伝えた所『刺身包丁が入っている戸棚を開けなくて良かった。こまめに研いでいるから、触れば確実に怪我《けが》していただろう』というコメントを頂戴した。大量の食材を校内へ持ち込んでいることに対しては、無言を貫いた。来年度の部費に響くかもしれない。

人間の子供めいた鳴き声についてだが、個体および状況によっては、ああいう声を出すことも少なくないそうだ。これもまた、笹木の談である。

諸々《もろもろ》の経緯を回想しながら、生徒会の通常業務に勤《いそ》しんでいると、尾田《おだ》が聞いてきた。

「あの猫ちゃん、どうなるの？」

「明蹟《めいせき》学園の卒業生で、捨てられたペットの保護活動をしているＮＰＯの代表者がいます。その方に依頼して、里親を探してもらう予定です」

余談だが、笹木は今日、『現場視察』と称して猫の保護施設を見学している。多分、猫と遊んでいるだけ。

僕の説明に、胸をなでおろす尾田。殺処分されるんじゃないかと、心配していたのだろう。

そんな彼女の隣で、友禅《ゆうぜん》も安堵《あんど》の声を発した。

「それにしても、正体が猫で本当に良かったわ。私、てっきりカップルが……」

「カップルが？」

続きを促すと、何故《なぜ》か彼女は頰《ほお》を染めて、顔を背けた。

「……何でもないわ。忘れて」

「そんな風に濁されると、余計に気になってしまいます。教えてください」

「い、嫌」

以降も、友禅は頑《かたく》なに口を割らなかった。

7　限りなくデートに近い何か

今日の生徒会室には、僕と友禅《ゆうぜん》の二人しかいない。

尾田《おだ》はクラスメイト達とカラオケへ行った。仕事は昨日、前倒しで片付けた。笹木《ささき》は懇意にして貰《もら》っている大学教授の特別講義を受講するため早退。堂本《どうもと》は無断欠席だ。

肩甲骨の周りを動かしながら、窓の外を見やる。談笑しながら下校する生徒たちの姿に、謎の疎外感を覚えた。

……こうしていると、友禅が会長だった時代の生徒会を思い出す。

当時も生徒会役員はいたが、友禅との関わりはほとんどなく、僕が窓口役をしていた。

つまり彼女は、かつて最も苦手としていた【他者とのコミュニケーション】さえも徐々に克服しつつあるのだ。流石《さすが》という他ない。

進化し続ける天才こと友禅りりが、何気なく呟《つぶや》いた。

「これは友人の話なのだけれど、来週末、好意を寄せている男子とデートへ行くことになったそうなの」

「それはめでたいですね」

心からの祝福に、何故《なぜ》か友禅は複雑な表情を浮かべる。

「その時、『今週末にデートコースの下見をするから、手伝ってほしい』と頼まれたの。第三者から、客観的な意見を聞きたいらしいわ」

なるほど。感情先行型の幽霊らしからぬ、実に合理的な判断だ。

感心する僕に、友禅はおずおず尋ねた。

「良ければ、男性側の意見も聞かせてもらえないかしら？」

「僕は構いませんよ。今週末は空いています」

正確には、全週末が空いている。終末まで空いているぞ。

真っ白な脳内のスケジュール帳に、筆を走らせながら尋ねる。

「他の生徒会役員にも、同行できるか確認しましょうか？」

「あ、貴方《あなた》以外には確認済みよ。全員、予定が入っていたわ」

なるほど。僕は代理の代理の代理か。理解。

僕と対照的に、友禅は嬉《うれ》しそうに笑んだ。よほど僕の暇人具合が可笑《おか》しいと見えるな。


週末。待ち合わせ時刻の二時間前に、僕は集合場所である学校の最寄り駅へ到着した。

いくら友禅を待たせないためとはいえ、二時間前行動は、やり過ぎだったかもしれない。

流石に二時間の直立不動は辛《つら》いので、すぐに集合場所へは向かわず、近場のカフェで時間を潰すことにした。我が校に在籍する生徒の、浮気発覚が増加した一因であるカフェだ。

休日の午前中だからか、やや混雑している。

店員に案内されたカウンター席へ向かう途中、窓際に設けられた席で、寛《くつろ》いでいる友禅《ゆうぜん》を見つけた。ぼんやりと、集合場所である駅前を眺めている。

この店で待機しておけば、僕の到着を見計らって合流できると踏んだのだろう。絶好の、不貞行為発見スポットだからな。誰が不逞《ふてい》の輩《やから》だ。

彼女が着ているのは、ややタイトなニットの白いワンピース。若干、丈が短く感じるのは気のせいだろうか。首には黒のチョーカーを付けており、長い脚は惜しげもなく外気に晒《さら》されている。シンプルだからこそ、素材の魅力が際立つ格好。

かつては和服ばかりだった友禅の衣類も、ここ数年で一気にバリエーションが増えた。一方、僕が過去一年間に購入した服飾品は、右肩にかけているショルダーバッグくらいだ。面白みのない己《おの》が服装を恥じる。

羞恥を胸中に押《お》し留《とど》め、穏やかな口調を心がけて挨拶した。

「おはようございます」

「っ！」

それでも、友禅はかなり驚いた様子。カップの中でソイラテが波打つ。

窓ガラスを鏡の代わりにして、髪を撫《な》でつけながら、友禅は不満げに呟《つぶや》いた。

「……随分と早い到着ね」

「友禅さんほどではありませんよ」

指摘に黙り込む友禅。店員に許可を得てから、彼女の対面へ移動した。

「それで、肝心の幽霊さんはどこに？」

問うと、友禅は申し訳なさそうな面持ちを浮かべ、目を逸《そ》らした。

「け、今朝、連絡があったわ。体調を崩してしまったそうよ。……だから、予定を変更して、今日は二人で情報収集を行うわ」

「なるほど、了解しました。本番に備えて、しっかり休息してもらいましょう」

正直、少し残念だ。ようやく幽霊の顔を見られると思っていたのに。

……さすがの彼女といえど、あの布を被《かぶ》って歩き回ることは無いと信じたい。

胸中を隠して尋ねる。

「予告通りの服装ですね」

「……馬鹿にしてる？」

「していません」

僕の言葉を微塵《みじん》も信じていないようで、友禅は唇を尖《とが》らせた。

昨夜、彼女は笹木《ささき》に、今日どんな服装で出かけるべきか、相談していたそうだ。

笹木から具体的なアドバイスを聞くため、友禅は、着ていこうと思っている衣類を身につけた状態で全身写真を撮影。彼に送信したつもりが、誤って僕に送信してしまったのだ。

……実物は、写真とは比べ物にならないくらい魅力的だ。

口を尖《とが》らせたまま、彼女が上目遣いで聞いてくる。

「ど、どう？　変じゃない？」

「変だなんて、とんでもない」

「似合っているかしら？」

「勿論《もちろん》。言うまでもありません」

「言って」

「……よくお似合いです」

満足げに頷《うなず》いた友禅《ゆうぜん》が、ソイラテを一気に飲み干した。

「一秒でも早く、情報収集を始めましょう。無駄な時間を過ごすの、嫌いでしょう？」

「無駄に時間を費やすことが好きな人など、存在するのでしょうか？」

友禅は顎に手を当てる。

「無駄の定義によるんじゃないかしら。そういう損得勘定を抜きにして、一緒にいたいと思う相手もいるでしょうし」

「なるほど。であれば、僕は急ぎませんよ」

無論、損得勘定を全く考慮していない訳じゃない。

二時間も前倒しで、デートの予行演習を行えば、施設の混雑具合や、人気メニューの在庫の有無など、条件に差が生じてしまい、データの信用度が低下してしまう。

だから、スタート時刻は厳守せねばならないのだ。我ながら隙のない行動選択。ルールにも抵触していない。

僕の心中など知らない友禅が、頬《ほお》を薄く染めて、視線を右往左往させる。

「……そ、そう。じゃあ、もう少しゆっくりしていこうかしら」

彼女はソイラテを追加注文した。


以前、友禅は言った。

『恋人がいながら、異性と二人きりで会うのは、感心しないわね』と。

その上で、彼女は僕と二人きりで行動している。つまりこれは、現在の友禅に、恋人がいないという証左。

更に、彼女はこう続けた。

『八神《やがみ》君に限っては、恋人がいないから、女性と二人きりで出かけても問題ないわ。だから、積極的に周りの女性と二人きりで出掛けるべきよ』

よって、僕と友禅が二人きりでデートスポットを巡っても、何ら問題は無い。はず。

午前一〇時過ぎ。

予定していた集合時刻まで談笑した僕たちは、ようやく席を立った。

レジの前で、友禅《ゆうぜん》がハンドバッグから財布を取り出した。左手で制す。

「女性のメイクやファッションにかかっている費用を、男性がデート代として支払う。この方がフェアです」

ルールに則《のっと》った、論理的な行動選択。しかし友禅は受け入れない。

「時代錯誤な考え方ね。女性以上に、メイクやファッションにお金を費やしている男性だっているわ」

「僕はノーメイクです。服も、数年前に買ったものですよ」

「……案外、強情よね」

捨て台詞《ぜりふ》を呟《つぶや》いた友禅が、財布をバッグの中に戻した。

退店した直後。彼女は僕に言う。

「出発する前に、一つだけお願いがあるの」

「何ですか？」

軽く咳払《せきばら》いする友禅。

「今回、八神《やがみ》君に同行してもらった理由は、男性にとって魅力的なデートか否か、ジャッジしてもらうためよ」

「はい、承知しています」

　顔を伏せた友禅が、へその辺りで両の手指を絡ませながら言った。

「……だから、本当に恋人とデートしているつもりで動いてほしいの」

　なるほど。合理的な意見だ。

　適度に感情を表に出すよう意識する。今日の目標が決まった。

「分かりました。僭越《せんえつ》ながら、彼氏役を務めさせて頂きます」

「よ、よろしく」

　友禅の彼氏役となると、不用意な真似《まね》は出来ない。身が引き締まる思いだ。

　早速、行動開始。

「手を繋《つな》いでも、よろしいでしょうか？」

「へっ⁉」

　目を見開き、素っ頓狂な声を発する友禅。赤面した彼女に意図を説明。

「先ほど『本当に恋人とデートしているつもりで動いてほしい』と仰《おつしや》いましたよね？　その範疇《はんちゆう》から外れた行動ではないと思いますが」

　すると、何故《なぜ》か友禅は唇を尖《とが》らせた。

「わ、私の友人が好意を寄せているのは、とんでもない朴念仁よ。天地が引っくり返っても、自分から【手を繋ごう】なんて言わないわ」

なるほど。あくまで自分は代替品なのだという自覚が足りていなかったな。

俯《うつむ》いて反省する僕に、友禅《ゆうぜん》はぶっきらぼうな口調で言う。

「……然《しか》るべきタイミングで、私から繋《つな》ぐわ。だから、大人しく待っていなさい」

「……分かりました」

つまり、常に緊張状態でいなければならないのだな。デート、おそるべし。


やって来たのは、駅前の商業ビル内にある映画館だ。こぢんまりとした雰囲気が好きで、僕は頻繁に利用している。

入館後。ずらりと映画のチラシが並べられた、エントランスの一角の前で、彼女は立ち止まった。

「これは友人の話なのだけれど」

「はいはい」

「複数人で映画を観《み》る際、個人の趣味を優先すべきか、一緒に鑑賞する人の趣味嗜好《しこう》を考慮すべきか、いつも悩むそうよ」

友人を慮《おもんぱか》る友禅もまた、悩ましい面持ちで、数枚のチラシを見比べている。価値観の押し付けにならないよう注意しながら、助言した。

「全員が納得できる妥協点を探すべきですね」

「妥協点？」

「個人の趣味を優先してばかりでは、いつか必ず摩擦が生じてしまいます。余計な揉《も》め事《ごと》の種になりかねません。かといって、周囲の人間に合わせてばかりでは自分が楽しめません。両軸で考えて、最適解を導き出すべきかと」

　友禅が腕組みして考え込む。

「……全員が、少しつまらないと思う作品に行き着いてしまいそうね」

「ははっ。かもしれませんね」

いわゆる【船頭多くして船山に上る】という状態である。ならばと、僕は次の案を提示した。

「では、観たい映画を、同時に指さしてみましょう。一致すれば、その映画を観る。一致しなければ、意見をすり合わせる。どうですか？」

「なるほど。良いわよ」

　友禅の「せーの」という掛け声に合わせて、一枚のチラシを指さした。

　我々は同じ映画（某明治剣客浪漫譚《ろまんたん》の作者による、初脚本作品。しかも洋画）を選んだ。

　一致させるつもりなど無かった、と言えば嘘《うそ》になる。友禅の好みから、三〜四作品まで候補を絞り、その中から映画を選んだ。

そうすれば、彼女は気兼ねなく好きな作品を楽しむことが出来る。最適な行動選択だ。どうせ、頭の中は見えないのだから。

思惑に反して、友禅《ゆうぜん》は薄目で僕を睨《にら》んでいた。

「作為を感じるわ」

「同時に指さしたんですよ？　偶然です」

「……」

彼女は何か言いたげだったが、言語化しなかった。

その後、自動券売機で当日券を二枚と、売店でSサイズのポップコーン（キャラメル味）＆飲み物（カフェオレとレモンティー）を購入。

ポップコーンとジュースを買えば、持ち運びに便利な専用トレーを貸してもらえるのだが、何故《なぜ》か彼女はそれを断ってしまった。

「ジュースは、私が持つわ。二本とも。貴方《あなた》はポップコーンをお願い」

言いながら、バッグを肩に掛ける友禅。僕は尋ねた。

「トレーを貸してもらった方が良いと思いますよ」

「要らないわ。洗浄の手間および洗剤の節約よ。エコロジーよ。ＳＤＧｓよ」

「……」

それっぽい単語の羅列で押し切られてしまった。

やたらと沢山の荷物を両手に、僕たちは四番スクリーンの暗室へ入場。ほの明るい中、F列の7番席と8番席に腰を下ろす。

「あ」

突然、不穏な声を上げる友禅。おそるおそる聞く。

「どうかしましたか？」

「……席、替わってもらってもいいかしら？」

「観《み》やすさは、さほど変わらないと思いますよ」

「構わないわ」

という訳で、座席を交代。友禅が7番席。僕が右隣の8番席だ。

手元のポップコーンを見ながら考える。

トウモロコシの粒は、必ず偶数になるそうだ。成長過程で、粒の核となる小穂が必ず二つに分裂するため、元々の小穂の数×2で偶数になるらしい。つまり、地球上に存在するポップコーンの数も偶数ではないか。

くだらない思考は、友禅の裏返った声によって止められた。

「ぽ、ポップコーン、食べさせてもらってもいいかしら？」

「どうぞ」

容器を差し出した。が、友禅は動こうとしない。視線を四方に散らして言う。

「ごめんなさい。残念ながら、両手が塞がっているの。……食べさせてもらっても、いいかしら？」

「飲み物をスタンドに置けば良いのでは？」

「い、嫌よ。手が熱いから、冷やしたいの」

「……」

意図は不明。だが意志は固いようで、友禅《ゆうぜん》は頑《かたく》なに、飲み物の入った容器を手放そうとしない。

暴走は続く。

「要求に従わなければ、貴方《あなた》の飲み物を全て飲み干すわ」

「お腹《なか》を壊しますよ」

僕の心配を受けて、悔しそうに歯噛《はが》みする誘拐犯もとい友禅。尾田《おだ》であれば、便宜的に誘ちゃんと呼ぶのだろう。

そんな彼女が、仏頂面で呟《つぶや》く。

「今は恋人なのに……」

……不思議と、自分が悪者のような気分になってきたぞ。

ルール違反に注意しつつ、意図的に感情を表に出してみる。

「分かりました。前提条件に従いましょう」

指の先端で、キャラメルポップコーンを摘まみ、友禅の口へ。

「はい、あーん」

僕の言葉に、若干の恥じらいを見せてから、彼女は小さく口を開いた。慎重《しんちょう》にポップコーンを運ぶ。

万が一、僕の指が口の中へ入ってしまったら、彼女は猛烈な不快感に襲われることだろう。絶対に失敗できない。

ポップコーンが唇にぶつかった。指とポップコーンとの接触面積を極限まで小さくしたせいで、ポップコーン越しに感じた唇の弾力が、指先に絡みつく。これ以上は動かせない。安全距離の限界だ。

進むことも退くことも出来なくなった僕の指から、友禅は唇でポップコーンを奪い取った。

「……うん、美味《おい》しいわ」

満足げにほほ笑む友禅。キャラメルでぬめった唇が、艶《なま》めいて見えた。

任務完了に安心したのも束《つか》の間《ま》。友禅が両手の飲み物をスタンドに置いてしまった。

「手、冷やさなくていいんですか？」

「ええ。もう十分に冷えたわ」

じゃあ、あと少し待てば良かったのでは？　と今さら言っても仕方ない。言葉を飲み込む。

彼女は、右手でポップコーンを一粒手に取り、こちらへ差し出してきた。

「お返しよ」

「僕は一人で食べられますが」

「二人で食べた方が美味《おい》しいわ」

……素敵な反論だが、言うべき場とタイミングを間違えている気がする。

一方の僕も、それを指摘するタイミングを逸してしまった。

思考の整理を待たずして、ポップコーンが眼前へ迫る。必然的に、友禅《ゆうぜん》の顔も接近。

「はい、あーん」

抑揚のない口調が、何故《なぜ》か可愛《かわい》らしさを強めているように感じた。大きく澄んだ瞳が輝きを放っている。

表情や呼吸が気持ち悪くならないよう気を付けながら、ポップコーンを口でキャッチ。

友禅が尋ねてくる。

「美味しい？」

「はい、とても美味しいポップコーンです。メーカーさんのたゆまぬ企業努力の賜物《たまもの》ですね」

「恋人に対しても、同じ台詞《せりふ》を言うの？」

「……二人で食べた方が美味しいですね」

返答（改訂版）を受けて、友禅は控え目にはにかんだ。反射的に顔を逸《そ》らしてしまったため、右側の肘置きを気にしているフリで誤魔化《ごまか》す。

すると、慌てた様子の友禅が、僕から見て左側の肘置きを指しながら言った。

「こ、こっちの肘置き、空けておくから。是非とも使って」

「……ありがとうございます」

正直、使うつもりはなかったのだが、善意を無下にするのも忍びない。一応、左の肘置きに腕を乗せておく。

「あ」

再び、不穏な声を上げる友禅。尋ねる前に、彼女は席を立った。

「ちょ、ちょっと、失礼」

そのまま小走りで、暗室から出て行く。

……さっきから、やけに動きが慌ただしいな。疑念を抱いてしまう。

数分後。小走りで戻ってきた友禅に質問。

「どこに行っていたんですか？」

問うと、彼女は視線を逸らしながら応じた。

「……お手洗いよ。お気になさらず」

妙な空白があったな。

直後、暗転。話しかけづらくなってしまった。

仕方なく、スクリーンの映像へ視線を向ける。コマーシャルだ。

このタイミングで、緊急事態発生。

友禅《ゆうぜん》が、僕の左手に、自分の右手を重ねてきたのだ。

「……え？」

思わず左隣を見やる。が、顔を伏せていることもあり、表情からは真意を読み取れない。

分かるのは、耳が赤いことくらいか。

蚊の鳴くような声で、友禅は言った。

「……て、手が冷たいから、少しだけ温めさせて」

たった今、先ほどまでのクールダウンは、完全なる無駄と化した。

現在、館内には、大音量で『創業七〇年。信頼と実績を積み重ねてきました』という宣伝が流れている。

しかし、不思議と彼女の声は聞き取れた。周波数の妙だろうか。

彼女の手に目を向ける。冷たさは感じない。むしろ熱いくらいだ。手を洗った直後だからか、ほんのり湿っている。常時、この体温だとすれば、飲み物で冷やしたくなる気持ちも分からなくはない。僕の手が、特別に冷たいだけかもしれないが。

「……構いませんよ」

友禅の要求に応えるための、最適な行動を選択。勿論《もちろん》、ルールには抵触していない。

先ほど、友禅が口にした台詞《せりふ》を思い出す。

『……然《しか》るべきタイミングで、私から繋《つな》ぐわ。だから、大人しく待っていなさい』

なるほど。確かにこれは、ベストタイミングかもしれない。

内心、かなり動揺していたが、目の前で流れているのが無感情なコマーシャルだったこともあり、平静を保つことが出来た。ありがとう、なんちゃら建設。

心中で謝辞を唱えると同時、映画本編がスタート。

作品の主題は恋愛。不治の病を絡めた、洋画らしい王道のラブストーリーだ。

紆余曲折《うよきよくせつ》ありながらも、主人公とヒロインは徐々に仲を深めていく。

途中、二人がデートするシーンに差し掛かった。奇《く》しくも、彼らが最初に訪れたのは映画館。観客からすると、映画鑑賞する主人公とヒロインを眺める形だ。

主人公がヒロインの横顔を眺めている間、ヒロインはそれに気づかず、ヒロインが主人公の横顔を眺めている間、主人公はそれに気づかない。

素直に、粋な演出だと思った。釣られて、隣に座る友禅の様子を確認したくなってしまった。

しかし、僕はあえて、彼女の横顔に視線を向けなかった。

……十分に暖は取れただろう。

ひじ掛けに乗せた左腕を、自身の膝上に戻そうとする。

途端、彼女の柔らかい手が、ぎゅっと僕の手を掴《つか》んだ。反射的に、彼女の方へ顔を向けてしまう。図らずも、映画の登場人物と同じ動きをした形だ。

友禅《ゆうぜん》の視線は画面に注がれている。頰《ほお》の赤みが、暗がりでも視認できた。よほど見入っているのか、こちらに対して反応を示すことは無い。ともすれば、わざと無反応を装っているようにさえ映った。慌てて正面に顔の向きを戻す。

落ち着け。冷静になれ。彼女は本物の恋人じゃない。妙な感情を抱くな。映画に集中するあまり、力が入っているだけだ。十中八九、他意はない。

懸命に、映画に集中する。映画に関する情報で、脳内を埋める。

この映画が話題になっているのは、ハリウッド映画のメインキャストを、日本人が務めているからだそうだ。（厳密には、幼少期に帰化した日系人）

元々はミュージカルをメインに活躍する俳優だったそうだが、最近はメディアへの露出も増えている。僕でも知っているということは、よほど有名で芝居が上手なのだろう。

……そんな彼に、感情を抑える方法を、是非ともレクチャーしてほしい。

ひとまず、トイレに行きたくならないよう、飲み物は出来る限り控えることにした。

映画終了後。近場の公園めいた場所で昼食を摂《と》ることにした。

レンガ造りの小ぶりながら瀟洒《しょうしゃ》な噴水の周囲に、スイートピーやオダマキ、シバザクラやアザレアなど、色とりどりの草花が植えられている。点在する木目調のベンチには、家族連れや老夫婦が腰かけていた。

周囲を見回していると、友禅が自身の鞄《かばん》を漁《あさ》り始めた。弁当箱を探しているのだろう。

幽霊のデートプランでは、男女双方が手作り弁当を持参することになっているそうだ。

勿論《もちろん》、僕も持参している。抜かりはない。

——恋人の弁当。

本日限定とはいえ、実に甘美な響き。図らずも心が跳ねてしまった。表情が崩れないよう、わざと筋肉を強張《こわば》らせる。

適度に感情を出すことが今日の目標だが、過度に出すことは避けねばならない。

友禅の弁当箱は、上下で二層に分かれているタイプだった。

下層には白飯。箸でも食べやすいよう、芯が残らない程度に、炊く際の水を少なくしていると思われる。

上層には、スパイシーな香りを漂わせるカレールウ。具材は鶏肉《とりにく》に加えて、ジャガイモ、ニンジン、玉ねぎの御三家。

カレーライスだ。見間違えようがない。

意外なメニューの登場に、僕が目を瞬《まばた》かせていると、友禅《ゆうぜん》が言い訳めいたことを口にした。

「私、料理が不得意でしょう？　だから、カレーくらいしか作れないの」

魚は捌《さば》けるのに。すんでの所で、言葉を飲み込む。そのような発言は、彼女の傷を抉《えぐ》りかねない。

来日当初。早くクラスに馴染《なじ》みたいと思っていた彼女は、日本っぽい特技を身に付けて、皆の心を掴《つか》もうと考えた。

そこで挑戦したのが、皆の目前で魚を捌き、お造りを完成させることだった。

転校前日。庭先で魚を捌く練習に励んでいた友禅のもとを、一人の女子が訪ねた。噂《うわさ》の転校生を、一足先に確認しようと思ったのだろう。

現場で彼女が目撃したのは、魚の血で赤く染まった手に、刺身包丁を携えた友禅だった。

その一件は瞬く間に拡散し、いきなり友禅は孤立。漫画の悪役扱いされてしまう事態へと発展。料理に対しても、苦手意識を抱くようになったそうだ。

「痛っ」

友禅が甲高い小声を上げた。彼女の左手から、白米の入った容器が滑り落ちていく。

「っと」

容器がひっくり返る前に、キャッチすることに成功した。中身は無事だ。

「大丈夫ですか？」

「え、えぇ。うっかりしていたわ。ありがとう」

「……」

違和感を頭の片隅に留《とど》めつつ、話を戻す。

「カレー、一口いただいてもよろしいでしょうか？」

当然、感情先行の発言じゃない。幽霊が意中の男子とデートする際のシミュレーションだ。決して、友禅の手料理を食べたかったわけじゃない。ルール違反じゃない。

「……も、勿論《もちろん》よ」

言って、友禅は白飯の入った容器に、カレールウを投入した。

そして、カレーライスと僕の顔を交互に見やる。

「……こ、恋人とはいえ、食事のたびに、食べさせ合う必要はないわよね？　周囲の目もあるし」

「……仰《おつしや》る通りです。時間もかかりますからね」

残念だなんて、欠片《かけら》も思っていない。

これまでの傾向からして、友禅は、周囲の目に触れやすい場所で異性と接触することに抵抗がある模様。つまり、人目の少ない場所へ行くのが吉。とか一瞬でも考えた僕は死ね。

歯を食いしばり、自前の箸で、カレーの載った白飯をすくい上げ、口に運んだ。おずおずと友禅《ゆうぜん》が尋ねてくる。

「お、美味《おい》しい？」

「はい、非常に美味です」

おそらく辛口。圧力鍋で火入れしたのか、具材は非常に柔らかく、口の中で解けていく感覚が癖になる。

舌鼓を打っていると、友禅が僕に言った。

「八神《やがみ》君の昼食は？」

「お見せする前に、お手洗いへ行ってきます。しばしお待ちを」

「へぇ、焦《じ》らすのね。期待してもいいのかしら」

数分後。用を済ませて帰還。ショルダーバッグの中から弁当箱を手に取った。

弁当の中身を見た瞬間、友禅は目を見開く。

「これ、手作り？　売り物じゃなくて？」

「盛り付けは、百貨店の店頭に並んでいる弁当を参考にしました。売り物っぽく見えるのは、その影響でしょう。僕の腕前ではありませんよ」

「料理、得意なのね。初めて知ったわ」

「そうですね。比較的、得意な方かもしれません」

何故《なぜ》か友禅は、こちらに薄目を向けてくる。

「何でしょうか？」

「……何でもない」

物言いたげな表情で吐き捨てて、彼女は自身の箸を使い、だし巻き卵を口へ放り込んだ。

「美味しい」

「ありがとうございます」

次々に口へ惣菜《そうざい》を放り込んでいく友禅。自分が作った料理を美味しそうに食べてもらえると、作り手としては嬉《うれ》しい。

その一方で、彼女の箸の使い方が、普段よりぎこちなく映った。


お弁当を食べ終わったタイミングで、友禅に声をかけた。

「りりちゃん」

「りりちゃん!?」

友禅の甲高い絶叫が、広場に響き渡る。

「恋人であれば、苗字《みようじ》にさん付けは、他人行儀かと思ったのですが」

「……な、なるほど。そういうことね。ビックリしたわ」

安堵《あんど》とも落胆ともつかない息を吐き、友禅《ゆうぜん》は尋ねてくる。

「で、御用は？」

あえて用件を言わず、僕は静かに距離を詰めた。友禅はベンチに腰かけたまま、赤い顔をのけ反らせる。

「な、何？」

返事に代えて、僕はそっと彼女の左手を握った。

「……へっ⁉」

混乱中の友禅に、僕は一つだけ要求する。

「少しだけ、手の平を見せてください」

途端、彼女は表情を強張《こわば》らせた。腕に力を込めて、僕の手を剥《は》がそうとする。

「い、嫌」

「何故《なぜ》ですか？」

「見るに堪えない手だからよ」

「そんなことありません。綺麗《きれい》な手です」

「んむっ」

喉を鳴らして顔を赤らめた友禅は、徐々に力を抜いていき、最終的には抗《あらが》うことを止《や》めた。丁寧かつ慎重《しんちょう》に、彼女の手の平を確認。

指や手の至る所に、肌色のテーピングテープが貼り付けられている。おそらく、ジャガイモやニンジンの皮を剥《む》く際、切ってしまったのだろう。応急的な処置だったのか、切り傷用の絆創膏《ばんそうこう》じゃない。

不満顔の友禅が吐き捨てた。

「ピーラーが見当たらなかったのよ。それに、時間的制限もあったから、かなり焦っていたわ。条件さえ整っていれば、こんなことには」

「何も言っていませんよ」

言い訳を遮られて、頬《ほお》を膨らませる友禅。

その時、いくつかの点が繋《つな》がり、形を結んだ。

「――なるほど。だから、映画館であれほど慌てていたんですね」

友禅の表情が強張る。額を一筋の汗が伝った。

「カフェを出た直後。僕が『手を繋いでも、よろしいでしょうか？』と尋ねた際、貴方《あなた》は、『然《しか》るべきタイミングで、私から繋ぐわ。だから、大人しく待っていなさい』と仰《おつしや》いました。そして、その【然るべきタイミング】を、映画観賞中だと判断した」

彼女は否定しない。

「座席を交代したのは、手を重ねた際に、テーピングの存在を悟られると考えたから。テーピングしているとバレないためには、怪我《けが》した左手ではなく、右手を重ねる必要があったから。ですね？」

「……」

「【僕から見て左側の肘置き】を空けておくとわざわざ宣言したのは、僕の左腕を肘置きに誘導するため。腕が膝上にあると、手を重ねることが出来ないから」

「………」

「手を洗いに行ったのは、僅かとはいえポップコーンの油分が、指に付着していたから。そのまま手を重ねることに抵抗を覚えたから」

「…………」

全ては、僕の左手に、自身の右手を重ねるための伏線だったのだ。

首元まで紅《あか》く染めた友禅《ゆうぜん》が、小声で呟《つぶや》いた。

「もう二度と、魚以外の食材は料理しないわ」

「一生、僕に魚だけを食べろと？」

「……一生、私の料理を食べるつもり？」

「失礼。言い間違えました」

淡々と言って、自前のバッグから、偶然にも持ち合わせていた絆創膏《ばんそうこう》と消毒液を取り出した。

「素早く傷が塞がる絆創膏です。消毒してから、こちらに貼り換えてください」

「……なるほど。『お手洗いへ行ってきます』と言ったのは嘘《うそ》ね」

「いえいえ、ちゃんと行きましたよ。消毒液と絆創膏は、たまたま持っていただけです」

平然と答えた僕に、何故《なぜ》か友禅は半眼を向けてくる。

彼女は、机上に置かれた消毒液を恨めしそうに睨《にら》んだ後、ぷいと顔を背けて、そのまま絆創膏を貼ろうとした。慌てて注意する。

「ちゃんと消毒してください」

「し、したわ。貴方《あなた》が見ていなかっただけよ」

「嘘です」

この調子だと、最初にテーピングした際は、適切に消毒していない可能性がある。説得を試みる。

「貼り換える際に、雑菌が付着するかもしれませんよ。化膿《かのう》するかもしれませんよ」

「しないわ。避けるから」

「無理です」

本当に雑菌を避けることが出来るとすれば、君は人間じゃない。

「分かりました。僕が消毒します。動かないでください」

「……それは？」

友禅は、僕がバッグから取り出した小箱を指さした。

「救急セットです。脱脂綿とピンセットが入っていたはず」

「……それを『たまたま持っていた』と言い張るのは、流石《さすが》に無理があると思うわよ」

「外出時はいつも持ち歩いているんです」

「……分かったわ。お願い」

不承不承といった様子で、友禅《ゆうぜん》は手を差し出した。消毒液が染み込んだ脱脂綿を、切り傷に軽く当てる。

「んっ」

眉根を寄せて、身を捩《よじ》る友禅。

「少し痛いかもしれませんが、我慢してください」

「だ、大丈夫。馴染《なじ》んできたわ」

引き続き、消毒を行う。

「んっ、あっ、う、くうっ、はっ」

「本当に馴染んでいますか？」

「き、気にしないで。注射の時も、似たような反応をしてしまうタイプなの」

彼女に注射する医師や看護師の苦労が、垣間見《かいまみ》えた気がした。

「終わりましたよ」

およそ一〇分後。疲弊し切った友禅が、火照った顔を伏せた。

「……情けないわ」

「そんなことありません。新しい挑戦には失敗が付き物です」

「それでも、失敗は恥ずかしいし、失敗する自分は情けないわ」

その気持ちは強く理解できる。僕だって失敗は怖い。……だからこそ。

「恥を知ってなお、失敗するリスクを背負って挑戦する。それはつまり、試行回数の重要性を理解しているがゆえの行動です。そういう人を、僕は好ましく思います」

「……へぇ。ふぅん、そう」

やたらと視線を彷徨《さまよ》わせながら、友禅は唇を尖《とが》らせて前髪を弄《いじ》った。


昼食後。映画館の横を通りかかった際、チラシが置かれた一角で、友禅が足を止めた。

「どうかしましたか？」

問いに、彼女は勝ち誇った笑みで応じる。

「各々が気に入った作品を全て、全員で観《み》る。これがベストじゃないかしら？」

「……なるほど、そういう方法もありますね。これは盲点でした」

異論ない。最適解だろう。やはり、今日の友禅は冴《さ》えている。(左手の件を除く)

二作目に見る作品を選ぶ際も、一作目と同じ方法を採用した。

今回は残念ながら、意見が一致しなかった。

よって、追加で二作品を観《み》る運びとなった。


映画館を出た直後、友禅《ゆうぜん》は伸びをした。

「面白かったけれど、流石《さすが》に一日で三作品も観ると疲れるわね」

「激しく同意です」

頷《うなず》き、軽く左肩を回した。長時間、同じ形で固定されていたため、筋肉が強張《こわば》っている。

二作目と三作目の映画が始まる直前にも、友禅は『手が冷たいから握ってくれ』と言い出し、結局上映中はほとんど手を繋《つな》ぎっぱなしだった。

左手が痺《しび》れて上手《うま》く動かせない。握っていた友禅も同様らしく、繋いでいた方の手を頻《しき》りに動かして、ストレッチしている。

そんな彼女に尋ねた。

「そういえば、今日の目的は【ご友人のデートを成功させるための情報収集】ですよね？　今の所、我々は休日を満喫しているだけですが、大丈夫でしょうか？」

「……ネットからの情報も混ぜ合わせて、キメラデータを錬成するわ」

「いいんですか？　もし、誤情報を混ぜてしまったら……」

「だ、大丈夫。きっと上手く対処するわ。彼女、優秀だから」

無論、僕にも責任がある。過度に感情を出しすぎて、自制できなかった。愚かだ。

心の底から、幽霊のデートが上手くいくよう祈っていると、不意に友禅が足を止めた。

数秒遅れで僕も立ち止まる。

彼女の視線の先には、眩《まぶ》しいゲームセンターの隅に設置された、プリントシール機があった。

「撮りますか？」

何気なく尋ねただけだったのに、友禅は必要以上に冷淡な態度で突っぱねた。

「あ、あんな不埒《ふらち》なもの、撮りたいだなんて思わないわ」

とんでもない偏見をお持ちのようだ。彼女のためにも、思考のバイアスは是正すべきだろう。ルールに反しない範囲であれば、協力することに抵抗は無い。

僕は嘆息《たんそく》し、プリントシール機の方へ向かう。友禅が聞いてきた。

「何をする気？」

「一人で撮るのは抵抗があるでしょうから、付き合いますよ」

「……なるほど。それを、私とプリントシールを撮影するための言い訳として使いたいのね。分かったわ。乗ってあげる。感謝しなさい」

「……ありがとうございます」

釈然としない気持ちのまま、筐体《きょうたい》の中へ。料金投入口に、五〇〇円を突っ込む。

友禅が『自分が三〇〇円払う』と言って聞かなかったので、甘えさせてもらった。

説明終了後撮影がスタート。音声ガイドがポーズを指示する。

『まずは小顔で盛る！』

「小顔は前提条件なの？　暗に『顔の大きい奴《やつ》はお断り』と伝えているの？」

「違いますよ」

困惑している間にフラッシュが焚《た》かれた。まともにポーズが取れなかった。

『はい！　オッケーです！』

「何が？　もう終了？」

「違います。オッケーサインをしろという意味です。戻ってください」

外へ出ようとする友禅《ゆうぜん》を引き止める。またもや撮影失敗。

『可愛《かわい》くおねだり！』

「私のおねだりに需要はあるのかしら？」

「ありますよ」

「どこに？」

「ここに」

「……」

「……ジョークです。流してください」

自分で言っておいて、羞恥に負けてしまった。

二人一緒に、両手を合わせて合掌のポーズ。ようやくまともな一枚が撮れた。

『ハート！　綺麗《きれい》に作れる？』

「右手、出して」

「……やるんですか？」

「音声ガイドの命令は絶対よ」

二人の手で歪《いびつ》なハートを作る。指先から彼女の温《ぬく》もりがじんわりと伝わってきた。

『仲良くくっついて！』

「左手も出して」

「こうでしょうか？」

友禅の方へ両手を伸ばす。

僕の指に、細くしなやかな指が絡みついた。いわゆる恋人繋《つな》ぎというやつだ。

直後、手を強く引っ張られた。両者の距離はゼロに。

僕の頬《ほお》と友禅の頬が密着した。ぷにぷにとした頬の感触。柔らかく、滑らかで、熱い。

ようやく、らしくなってきたな。そう思っていると、次の指示が。

『指切り！　約束だよ！』

「……」

一瞬、実行を本気で躊躇《ちゅうちょ》してしまった。

歩幅一歩分だけ距離を取り、小指と小指を引っ掛ける。

友禅《ゆうぜん》の指は少しだけ震えていた。

この指切りで、僕は何を約束すべきなのか。彼女は何を約束したのか。

答えを出すまで機械が待ってくれるはずもなく、フラッシュに視界を塗りつぶされた。


『次はラクガキタイム！』

「これは知っているわ。写真を、文字やらスタンプでデコレーションするのでしょう？」

『自分の顔の雰囲気を変えられるよ！』

「……」

現実は、彼女の予想を遥《はる》かに超えてきた。

「この機能は、僕も初めて見ましたね」

戸惑いながらも、スタイルチェンジボタンとやらを触ってみる。

「……目と鼻と口の位置が自由に変えられるわね」

こうなると、プリントシールというよりはゲームのアバターを作っている感覚だ。もはや本人が撮る必要すらないのでは？

　ただ、不慣れな二人が諸々《もろもろ》の機能を使いこなせるはずもなく、ほとんど何も出来ないまま、ラクガキタイムは終わってしまった。

　シールの分割を選び、筐体《きょうたい》の中にてプリントシールの完成を待つ。

　一段落ついた所で、友禅が僕にもたれかかってきた。

「……こ、恋人であれば、ごく普通の行動よ」

「何も聞いていませんよ」

「う、うるさい」

「あ、店員さん」

「にゃぁっ！」

　奇声を発した友禅が、頭から筐体の壁に激突。その場で蹲《うずくま》り、頭頂部を押さえる。慌てて声をかけた。

「だ、大丈夫ですか？」

「……」

「すみません。ほんの出来心だったんです」

　調子に乗って、感情を表に出しすぎてしまった。完全なるルール違反だ。反省。

「……万引き主婦の供述と一緒ね」

言って、したり顔を浮かべる友禅《ゆうぜん》。

「あー痛い。頭が痛い。今にも割れて脳漿《のうしょう》が飛び散りそう」

「本当だとしたら、今すぐ病院へ行くことをお勧めします」

「この痛みは心因性よ。外科的アプローチでは完治しないわ」

「ならば、どうやって治すんですか？」

「……撫《な》でたら治るわ」

友禅が頬《ほお》を染めて言い捨てる。

「僕に治癒魔法は使えませんよ」

「貴方《あなた》、女の子を傷物にしておいて、まだ言い訳するの？」

「分かりました。従います。だから、そういう言い方は止《や》めてください」

しぶしぶ、彼女の頭を軽く撫でる。指通りの良い、滑らかな髪だ。

「治りましたか？」

「そんな一瞬で治る訳ないでしょう。馬鹿なの？」

そもそも撫でただけで痛みが引く訳ない。

以降も、なんやかんやと難癖を付けられて、小一時間ほど治療《撫で》させられた。

一八時七分。

どうにか情報収集を終えて、友禅を自宅前まで送り届けることに成功した。

マンションのエントランス前で、友禅が軽く頭を下げる。

「今日はありがとう。友人にも、貴方が頑張ってくれたと伝えておくわ」

「大したことはしていませんよ。こちらこそ、ありがとうございました」

恭しい挨拶。ほほ笑みを浮かべる友禅。その瑞々《みずみず》しい唇に目を奪われる。

反射で、最初に観《み》た映画のワンシーンを思い出した。

デート最終盤。別れ際に、主人公とヒロインはキスをした。

……だから何だと聞かれれば、ただそれだけだと言う他ないけれど。

『私は恋人がいたことなど一度もないわ。だからキスしても浮気にはならないわ』

先日、友禅が口にした台詞《せりふ》。無論、僕に向けた言葉じゃない。

隙あらば都合のいい解釈をしようとする己への、強烈な嫌悪感に浸りながら、踵《きびす》を返す。

「八神《やがみ》君」

振り返った僕に、友禅は切々とした声で聞いてきた。

「……また私と、こういうことしたいと思う？」

勿論《もちろん》です。りりちゃんさえ良ければ、いつでも。

出かけた文言を、無理やり飲み込んだ。

だって、もう僕は、彼女の恋人じゃない。

代わりに、何の感情も抱かせない言葉を返す。

「予定次第ですね。僕一人の都合で、友禅さんを煩わせるわけにはいきませんから」

途端、友禅《ゆうぜん》の瞳から色が消えて、表情から生気が失《う》せた。

「……つまり、今日の私は、自分の都合で貴方《あなた》を煩わせてしまったのね。ごめんなさい」

やってしまった。釈明せねば。しかし、声が出ない。

結局、僕は、遠ざかる彼女の背中を眺めることしか出来なかった。

8　間違いは即座に認めて改善する。それが論理的最適解。なのに

翌日から学校だというのに、ほとんど一睡も出来ないまま、朝を迎えてしまった。いつも起床する時刻を迎えたため、仕方なくベッドから這《は》い出《で》る。

睡眠時間は、友禅と夜通し電話した日と大差ない。はずなのだが、今日は身体《からだ》が重く感じる。

リビングへ入ると、いつものごとく、弥子《やこ》がホットサンドを頬張《ほおば》っていた。トマトソースとバジルの香りが鼻腔《びこう》をくすぐり、食欲を刺激した。

戸棚を開く。個包装のホットドッグを取り出し、開封。

口でモッツァレラチーズを引き伸ばしながら、弥子は目を見開いた。嚥下《えんげ》してから聞いてくる。

「珍しいですね。朝は食欲がないのでは？」

「気紛《きまぐ》れです」

投げやりに応じて、ホットドッグを口内へ押し込んだ。

コーヒーを啜《すす》りながら、僕は話し始める。

「……これは、友人の話なのですが」

「かの友人ですね」

返答を求めた言葉じゃないと判断。否定も肯定もしない。

「その友人が、先日、好意を寄せる女子と、二人で遊びに出掛けたそうです。完璧とまではいかずとも、それなりに楽しいデートに出来たのではないか、と本人は言っています」

「ふむふむ」

「そして、別れ際に女子から『また自分と、こういうことがしたいか』と尋ねられたそうです」

「おぉ、なるほど」

「『勿論《もちろん》、り……貴方《あなた》さえ良ければいつでも』と、彼は答えようとしました」

「はいはい」

「しかし、直前で、その返答は事実上の告白ではないかと考えた結果、『予定次第ですね。僕一人の都合で、貴方を煩わせるわけにはいきませんから』と答えてしまいました」

「……」

「すると、相手の女子は『つまり、今日の私は、自分の都合で貴方を煩わせてしまったのね』と言って、自宅に入ってしまったそうです」

友人は何と答えるべきだったのでしょうか？　そう尋ねるつもりだったが、先んじて弥子《やこ》が口を挟んだ。

「率直に申し上げて、ご友人の返答は最悪と言わざるを得ません」

冷厳と言い切る弥子。僕は鼻白んでしまった。

「……最悪、ですか」

「はい、最悪です。兄さんに対しては、自分が悪者にならないような伝え方をしたのでしょうけれど、要するにビビったのです。その女子は傷ついたでしょうね。可哀想《かわいそう》に」

耳に痛い言葉の連発。甘んじて受け入れる。

「その友人を、この場へ連れてきて欲しいくらいです。性根を叩《たた》き直してやりたいです」

「……是非ともお願いしたいです」

窓ガラスに映った僕の表情筋は、睡眠不足も相まって引《ひ》き攣《つ》っていた。


ここ数日、友禅《ゆうぜん》の態度がよそよそしく感じるのは、僕の中に罪悪感があるからか。それとも、実際に距離を取られているのか。

今も彼女は生徒会室にいない。笹木《ささき》と一緒に、屋外での作業中だ。

「……」

右斜め前で、尾田《おだ》が僕と同じく事務作業をしている。

彼女の態度もまた、友禅と同様に、冷たく感じた。被害妄想かもしれないけれど。

「僕、何かしましたか？」

「……何もしてないよ。あたしには」

確信した。友禅《ゆうぜん》から、先日の顛末《てんまつ》を聞いている。友禅が自ら話すとは考え難い。尾田《おだ》が追及したのだろう。

「友禅さんが、何か言っていたのでしょうか？」

「言われるようなこと、したの？」

「……覚えがないといえば、嘘《うそ》になります」

意味深に嘆息《たんそく》する尾田。沈黙を埋めるためだけに、話を振った。

「これは、友人の話なのですが」

「ダウト。レン君、友達いないじゃん」

速攻で見破られてしまった。無視して続ける。

「……その友人は、小学生時代から、友禅さんと親しい仲でした。周囲から攻撃の対象になっていた彼女を、彼なりに必死で庇《かば》っていました」

正確には、庇っていたつもりですが。

「それから、しばらくして、今度は直接的な攻撃ではなく、物を隠されたり、盗まれたりといった、陰湿な嫌がらせが頻発するようになりました」

尾田は口を真一文字に引き結び、顔を顰《しか》めた。

「調査の結果、それらの行為に及んでいるのは、かつて友禅さんを攻撃していた男子ら、ではなく、友人と同じクラスに在籍する、女子生徒だと判明しました。……後に分かったことですが、その女子生徒は、友人に好意を寄せていたそうです」

「……」

尾田のタイピングが、一気にペースダウンした。

「女子生徒いわく、いつも友人と一緒にいた友禅さんが、邪魔で仕方なかったそうです。あいつさえいなければ。いなくなってしまえば。憎悪は日に日に強まっていったそうです」

不思議と口内が渇く。唾を飲み、言葉を継ぐ。

「その末に、女子生徒は、友禅さんを真夏の体育倉庫に閉じ込めました」

「っ！」

尾田が作業を中断し、僕の方へ顔を向けた。

「友人が、友禅さんを発見した時、彼女は脱水症状で身動きが取れなくなっていました。勿論《もちろん》、すぐに病院へ搬送されました」

「友ちゃんは、どうなったの!?」

「幸い、大事には至りませんでした。が、彼女が命の危機に瀕《ひん》したこともまた、歴《れっき》とした事実です」

尾田が安堵《あんど》の息を吐いた。僕は続ける。

「友人と関わったばかりに、友禅《ゆうぜん》さんは傷ついたんです」

「ち、違うよ！　悪いのは、友ちゃんを倉庫に閉じ込めたヤツでしょ⁉」

「確かに、主犯は件《くだん》の女子生徒です。とはいえ、友人が無罪とはいえないでしょう。彼と関わったばかりに、友禅さんは命の危険に晒《さら》されたのですから」

「っ……！」

唇を噛《か》む尾田《おだ》に、僕は尋ねる。

「そんな風に、かつて友禅さんを傷つけた人間が、彼女に恋愛感情を抱き、思いを伝えることは、許されると思いますか？」

問いに、尾田は熟考した。回答までの一分弱が、数十分にも感じた。

彼女は真顔で言い放つ。

「許されないって言ったら、どうするの？　諦めるの？」

「……」

無回答に、目を細める尾田。

「第三者のお墨付きを貰《もら》って、それを建前にしようとしてる所がムカつく」

辛辣。だと感じるのは、図星だからだろう。

「別にさ、それが絶対ダメだって言うつもりは無いよ。建前が必要な時もあると思う。レン君は、そういうの上手だから、大事な時ほど使いたくなる気持ちも分かる」

意外にも、口調は穏やかだ。

「ただ、こと恋愛において、あたしはそれを許容できないかな」

だからこそ、心の核に深々と刺さる。

「恋してるなら、傷つくことは勿論《もちろん》、傷つけることからも逃げちゃ駄目だよ。怖くても、ちゃんとぶつからなきゃ」

何か返さなければ。上手《うま》く働かない頭で、必死に言葉を練る。

「……これは友人の話です」

……遅まきながら、同じ失敗を繰り返したことに気付いた。

尾田は眉間に深い皺《しわ》を刻んで叫ぶ。

「じゃあ！　それをアホのお友達に伝えといて！」

「こ、心得ました」

全ての行動は、論理的に説明できなければならない。また、説明を行う際、感情を用いてはならない。

このルールが、間違っていたとは欠片《かけら》も思わない。

間違えたのは僕だ。

つまり今後は【自分は過ちを犯しやすい粗忽者《そこつもの》だ】という前提で、ルールを運用すればいい。

今回のような事件から、友禅《ゆうぜん》を完璧に守る運用方法が必要だ。

……この目標は、残念ながら一朝一夕では達成できそうにない。

ならば、まずやるべきは対症療法である。

第一に、僕は自らの罪を自覚せねばならない。

感情的な行動選択を避けるあまり、友禅の感情を蔑《ないがし》ろにした。

よって、償いが必要だ。速やかに彼女と対話する必要がある。

それこそ【友禅の感情を尊重する】という目的を達成するための、論理的に最適な行動選択だ。

数時間後。一八時半。

友禅を自宅まで送迎し、自宅へ戻って支度を整え、再び学校へ戻ってきた。とある仕事のためだ。

薄闇に包まれた、白い校舎を眺めていると、モノクロ映画の中に入り込んだ気分になる。

ふと思い立ち、笹木《ささき》から借りた、小型の録画&録音機器で校舎を撮影してみる。明かりが乏しい環境下でも、鮮明な映像を撮ることが出来た。胸ポケットに忍ばせられるサイズでこの高性能。素晴らしい。マイクの調子も良好だ。

遊びながら、校門前で待つこと十分。付近の路肩に黒塗りのベンツが停《と》まり、後部座席から尾田海香《おだうみか》が出てきた。

……マジで何者なんだよ。

遠ざかるベンツに軽く手を振ってから、彼女は僕に近づいてきた。

先んじて、丁重に挨拶。

「こんばんは」

「うい」

軽快に応じた尾田が、微笑を浮かべる。

「友ちゃんと、話し合えた？」

「……現在進行形で、機会を窺《うかが》っています。と、友人が言っていました」

「ええ!?」

近所迷惑になりかねないほど、大きな声を上げる尾田。

「な、何で!? 次にあたしと会う時には、仲直りしてる流れだったじゃん！」

「人生は、ただ流れに身を任せているだけでは、上手《うま》くいかないものですね」

「しゃらくせぇよ！　ビビっただけのクセに！」

決めつけは良くない。たとえ大正解だったとしても。

追及は続く。

「放課後、一緒に帰ったんでしょ？　何も喋《しゃべ》らなかったの？」

「いえ、別れの挨拶はしました。……と、言っていました」

「そんなこと、堂々と主張するな！　恥じろ！」

返す言葉もない。顔を伏せる僕に、深々と嘆息《たんそく》した彼女は言った。

「もういいや。行くよ、腰抜け」

「……これは友人の話」

「うるせぇバカ！」

尾田と一緒に、無人の学校を歩く。会長権限で、必要な鍵とカードキーは拝借済みだ。

尾田が気だるげに言い捨てた。

「ねぇ、本当に来るの？　兆しが見えないんだけど」

「いずれ来ます。何か月も様子を見ていられるほど、相手に余裕はありません。注意してください」

そう言っても、彼女は呑気《のんき》に欠伸《あくび》している。念のため、注意しておくか。

「今日も、カメラには気付いていないフリをしてください」

「分かってるよ。くどいなぁ」

仕方ないだろう。最初にカメラが設置されていると耳打ちした時『どこ!?　どこ!?』と騒いだ奴《やつ》を信用しろという方が無理な話だ。本音を飲み下す。

怖いくらいすんなりと、目的地の家庭科室へ到着してしまった。

……物音が聞こえる。猫も幽霊もいないはずなのに。

「あ、ちょい待って。入る前に、ログインボーナス貰《もら》うから」

頼むから黙っててくれ。携帯電話を弄《いじ》る尾田《おだ》へ半眼を向けつつ、扉に手をかける。

深呼吸の後、一気に踏み込んだ。

「動かないでください。生徒会です」

薄闇の中で、長身瘦軀《そうく》の肩が跳ねた。ゆらりと振り返る。

庄山倫太郎《しょうやまりんたろう》だった。

僕らの正体に気づいた彼は、優しげな微笑を浮かべた。こんな場所だからか、やたら不気味に感じた。

「驚いたな。何やってるんだ？　こんな時間に、こんな所で」

「こちらの台詞《せりふ》ですよ」

彼は淀《よど》みなく言う。

「私物を探してたんだ。学校のどこかで落としたみたいなんだけど、見当たらなくて」

その平然とした態度に、不思議と苛立《いらだ》ちが湧いた。

「どうして、テストの問題と解答を、流出させたんですか？」

一瞬だけ、庄山先輩の動きが止まった。通信障害で停止した動画みたいだった。

「……何の話かな？」

「今年度が始まった直後に実施されたテストの、問題用紙と解答を、貴方《あなた》は事前に入手し、内容を生徒十数人に教えました。要するに、カンニングを主導したんです」

「笑えない冗談だ」

真顔で素早く返す庄山先輩。出来る限り、感情を殺して続ける。

「最初に、その可能性に思い至ったのは、僕ではありません。尾田さんです」

庄山先輩が尾田の方へ目を向ける。

「先月頭の金曜日。六限が自習になったため、彼女はクラスメイト数人と、定期テストに向けたテスト勉強をしていました」

明蹟《めいせき》学園の生徒にとっては、毎月恒例の行事だ。

「その際、尾田さん達は、新年度が始まった直後に行われたテストの問題と答案用紙を持参していました。数学を担当する臼田《うすだ》先生が『年度の始めにやったテストからも、何問か出るぞ』と仰《おつしや》られたからです」

正確には『以前のテストで出題された問題の応用版』だから、丸暗記で臨むと死ぬ。

「そこで、尾田《おだ》さんはあるクラスメイトが記した解答を見て、違和感を覚えたそうです」

僕は内ポケットから折り畳んだ紙片を取り出し、庄山《しょうやま》先輩に見えるように広げた。

「これは、その生徒の答案用紙をコピーしたものです」

努めて淡々と、答案の一部を指した。

「庄山先輩であれば一目瞭然だと思いますが、大問6は、大問2の解法を応用すると解けるタイプの問題です」

僕が指さした大問2は無記入。一方、大問6は事細かく計算式が記されている。

「不思議ですよね。なぜこの生徒は、大問2の回答を記入せず、同系統で更に難易度の高い、大問6の回答だけを記入したのでしょうか」

庄山先輩は反応を見せない。マネキンめいた不気味さだ。

「『何らかの方法で、大問2と大問6の、計算式と答えを事前に知った。が、解答を記入する段階で忘れてしまった。大問6だけを正解すれば不自然だと分かっているものの、このままでは赤点を回避できない。だから、仕方なく大問6だけ解答を記入した。これくらいであれば、バレないと思った』そう考えると、辻褄《つじつま》が合いませんか？」

本心を引き出そうと、意識的に早口でまくし立てた。が、効果は無かったようだ。庄山先輩は真顔で返す。

「それだけの情報で、その生徒がカンニングしていると判断したのか？」

「勿論《もちろん》、違います。この時点では、可能性が芽生えただけです」

強い語調を心掛ける。

「だから、検証のため、わざと問題に不備を作りました」

途端、表情を消す庄山先輩。僕は種を明かした。

「ちゃんと問題文を読んで解けば、誤答が導き出されるように、問題の数字を書き換えたんです。不正に回答を入手した生徒を、炙《あぶ》り出《だ》すために」

タイミング的にはギリギリだった。尾田の機転が功を奏した。

クラスメイトがカンニングしている可能性に思い至った時点で、彼女は僕が言い出す前に【会長権限を用い、テストに細工することで、関与している生徒を炙り出せる】と考え付いた。（と主張している）
だから、秘密裏に、それらの情報を僕へ伝えようとした。
しかし、その日、彼女は携帯電話を家に忘れてしまった。
テスト開始は、再来週の月曜日。動き出すのが週明けになると、テストへの細工が間に合わないかもしれない。何とか今日中に、要件を伝えなければならない。

悩んだ末、彼女は書面で、僕を放課後の校舎裏へと呼び出そうとした。僕のシューズロッカーの最奥に、桜色の横型封筒を入れたのだ。

封筒の中心部には、均整の取れた字で【八神錬理《やがみれんり》君へ】と記されていた。

……絶対、ラブレターだと思ったのに。

落胆を露《あら》わとする僕に、あの日の尾田《おだ》は尋ねた。

「へこみすぎじゃない？　そんなにショックだった？」

「……つい先ほど、友禅《ゆうぜん》さんが同様の話をしていたこともあり、期待してしまったんですよ。ご友人が、ラブレターを書こうとしているそうです」

「それ、あたしのことだね」

「……え？」

混乱を隠せない僕。その手元にある便箋を指さして、尾田が続ける。

「この手紙、生徒会室で書いてたんだけど、いきなり友ちゃんが来ちゃって、見られちゃったんだよ。だから、『ラブレターだから見ないで』って誤魔化《ごまか》したの」

「……」

つまり、言葉上は普段と同じ『友人の話』であっても、その三人称が指していたのは、全くの別人だったのだ。

……友禅よ。間違ってはいないが、紛《まぎ》らわしいにも程があるぞ。

苦い記憶から、現実へと意識を向け直す。

「そして、検証の結果、十数人の生徒が、不正に関与していることが判明しました」

主犯は、野球部や陸上部の部員数名。努力によって成績を向上し、赤点を回避した訳ではなかったのだ。誠に残念である。

彼らとサッカー部との、グラウンドの使用権を巡る小競り合いが沈静化したのは、回答を渡す代わりに譲歩しろと言われたからだろう。

一方で、サッカー部だけを贔屓《ひいき》すれば、『庄山《しようやま》の差し金だ』と勘づかれる可能性もある。その点は、グラウンドの整備をサッカー部に受け請わせることで、自身に疑いの目が向かないようにしていたと思われる。

数秒、瞑目《めいもく》してから、再び庄山先輩はほほ笑んだ。

「組織的なカンニング。興味深い話だ。だが、それとボクに、何の関係がある？　あまり自分で言いたくないが、ボクはカンニングなどしなくても、困らない程度の学力は有している」

「その通り！」

場違いなほど、尾田が声を張った。

「庄山《しょうやま》さんに限らず、カンニングしなきゃいけないほど、テストの点数で困ってる生徒って、あんまり多くないんですよね。この学校の生徒、みんな割と賢いし」

わざと軽薄な口調で喋《しゃべ》っている。彼女の思惑通り、庄山先輩は表情に苛立《いらだ》ちを滲《にじ》ませた。

「ってなると、怪しいのはスポーツ特化の特待生になります」

尾田《おだ》がオーバーアクションで続ける。

「で、次にカンニングの方法について考えたんですけど、この学校、テストの時、教室の隅にカメラ設置するでしょ？　その場でバレずにカンニングするの、無理だと思うんですよ。それよりも、教員の弱みを握って脅迫して、テスト前に問題と解答を入手する方が、まだ難易度は低そうじゃないですか？」

庄山先輩は無言で目を細める。事実上の肯定だった。

「でもって、それが狙って出来る人は、かなり賢いでしょ？　少なくとも、カンニングしないと定期テストさえ凌《しの》げないようなアホの単独犯とは考え難い」

大仰な動作に加えて、芝居がかった口調のせいで、尾田が主演のミステリードラマに参加している錯覚を覚えた。

「あと、わざわざ十数人に問題と解答を教えてあげる理由も謎です。発覚するリスクが高まるだけなのに。つまり、目的は自分の点数をアップさせることじゃない」

尾田の声音がぐっと低くなった。

「次の生徒会選挙で、自分に票を集めることです」

庄山先輩が、表情筋をほとんど動かさずに歯ぎしりする。

「前もって問題と解答を入手し【次の選挙で指定した人物に投票すること】を条件に教えてあげる。ね？　優秀な生徒が、カンニングに関与するメリット、あるでしょ？」

数秒の間をおいて、庄山先輩は場の雰囲気にそぐわない、柔らかな笑い声を上げた。

「開票の時点で、ボクと八神《やがみ》君の得票数には、二〇〇票以上の差があった。たかだか十数人の票を集めたとて、何の意味がある？」

尾田も、教室で談笑している時みたく笑った。

「いやいや、十数人を意のままに操ることが出来れば、そいつらを使って、色んな生徒の弱みを掴《つか》んで、奴隷を量産できるじゃないですか。教員が不正を働いた証拠を握って、得票数そのものを操作することだって出来ますよ？」

瞬間、庄山先輩の目尻が吊《つ》り上《あ》がる。尾田は語調を緩めない。

「ただし、あたしが容疑者として真っ先に思い浮かべたのは、庄山先輩じゃありません」

じゃあ誰だとばかりに、庄山先輩は疑問の眼差《まなざ》しを彼女へ向けた。

「友禅《ゆうぜん》りりです。あの子も、生徒会長っていう肩書に、かなりこだわってたから」

また一段階、庄山先輩が不機嫌になった気がした。

「だから、この調査に友ちゃんは関わってません。他の生徒会役員も、完全にシロと言い切れる根拠を見つけられなかったので、完全ノータッチです」

その思惑が、友禅《ゆうぜん》に対する『ラブレターだから見ないで』という発言を生み、僕のぬか喜びへと繋《つな》がる。

苛立《いらだ》ちから、ほとんど無意識に、明らかな事実を口にしてしまう。

「……友禅さんは、絶対にそんな真似《まね》しません」

「あたしだって同じ気持ちだよ。言わなかったのは、保険のため」

「存在しないリスクのために保険をかけるなど、愚の骨頂です」

「はいはい、分かった分かった」

雑にいなされてしまった。気を取り直し、話の続きを引き取る。

「ここから、我々は犯人の特定に向けて動き出しました。野球部と陸上部を筆頭に、サッカー部、女子バスケ部、テニス部などの、カンニングに関与していた生徒達および、黒幕に脅迫されて問題を流出させていた殿上《とのうえ》先生とコンタクトを取り、情報を集め始めたのです」

尾田《おだ》が話していた時より、庄山《しょうやま》先輩の眼差《まなざ》しが、鋭くなった気がする。

彼は低い声で言った。

「……なぜ、殿上先生が問題を流出させていると分かった？」

「特別なことはしていませんよ。新しい答案を、教員が関与しない形で用意し、それらを保管している倉庫に監視カメラを仕掛けただけです」

僕は淡々と続ける。

「その殿上先生も、他の生徒らも、当然ながら、黒幕の顔や名前は知りませんでした。が、彼ら彼女らの話から、黒幕の大まかな人物像は掴《つか》めました」

指を折りながら、順に列挙していく。

「まず、生徒会長という肩書に拘泥している。これは明白です」

特に反応はない。揺さぶってみるか。

「次に、能力値は高くない」

瞬間、庄山先輩の瞳から温度が消えた。歯ぎしりが鳴る。

「——と、自分では思っている。自己肯定感が低い」

刺激しすぎたな。反省。

「そして、非常に憶病。慎重《しんちょう》派で、リスクを嫌う」

一瞬、僕っぽいと思ってしまった。

「更に、各生徒と連絡を取り合う時間帯から察するに、部活動に所属している。おそらく運動部」

間を置くため、深呼吸。

「どう足掻《あが》いても、これ以上の手掛かりは見つかりませんでした」

庄山《しょうやま》先輩の歯ぎしりが止《や》んだ。

「だから、証拠をかき集めて、黒幕にたどり着く方法は諦めました。餌を撒《ま》いて、おびき寄せることにしたんです」

こうやって、今まで積み重ねてきたものを躊躇《ちゅうちょ》なく捨てて、即座に別方向からアプローチできる所は、数少ない僕の美点だと思っている。

「そのため、カンニングに関与していた何人かの生徒と殿上《とのうえ》先生に、黒幕の命令を無視させた上、デマを流すよう指示しました。『お前の正体が分かった。もう命令には従わない』と騒がせたり『主犯のお前を含む、関係者全員の罪を告発する』と宣言させたりしました。黒幕は、かなり慌てたでしょうね。今まで自分の手足だと思っていた連中のコントロールが、急に利かなくなってしまったのですから」

尾田《おだ》が軽く伸びをした。もしや、飽きたのか？　勘弁してくれ。

「勿論《もちろん》、十中八九、単なるデマだと思ったでしょう。しかし、本当に自分の正体を知ってしまった可能性もゼロではない。それを無視できるほど、黒幕は図太くない」

庄山先輩の無反応も、それはそれで怖い。

「かといって、積極的にリアルの友人知人から、情報を集めることもできません。黒幕は、自ら動くことを極度に恐れていますからね」

僕の声だけが、朗々と響く。

「仕上げに、黒幕を誘い出すため、僕に関するスキャンダルをでっち上げました。僕が、夜な夜な家庭科室に女生徒を呼び出し、わいせつな行為を働いている、といった内容のスキャンダルです」

この手のデマがいかに広がりやすいか、僕は身をもって体感している。その伝播《でんぱ》力を、今回は自ら利用した。

窓の外で、自転車のベルが軽く鳴った。車輪の回る音が、だんだんと遠のく。

「自分以外に信頼できる人間がいなくなった今であれば、黒幕は自ら動いて、僕のスキャンダルを記録し、失脚させて、生徒会長に就任しようとする。そう考えたんです」

このタイミングで、ようやく庄山先輩は言葉を返した。

「確かに、ボクは君を陥れようとした。どうしても生徒会長になりたかったから、君のスキャンダルの証拠を掴《つか》み、失脚させようとした。だが！　カンニングとは無関係だ！　信じてくれ！」

「………………」

尾田と顔を見合わせる。彼女は小さく頭《かぶり》を振った。

万策尽きた。そう眼差《まなざ》しが言っている。

——これ以上、彼を庇《かば》いきれない。

「僕のスキャンダルなんか、庄山《しようやま》先輩以外、誰も知りませんよ」

庄山先輩が目を見開く。

「……え？」

「もう一度、スキャンダルの情報源を確認してください」

携帯電話を取り出す庄山先輩。僕は続ける。

「黒幕である貴方《あなた》は、カンニングに関与した生徒たちに【裏アカウントを作成し、非公開設定にした上で、カンニングに関与した生徒のアカウントのみをフォローしろ】と命じた」

液晶を凝視する彼の肩が、僅かに跳ねた。

「なぜそんな真似《まね》をしたのか。目的は二つ」

僕は意識的に声を張る。

「一つは、入手したテストの解答や、自身からの命令を送るため。普段使いのアカウントを使わせると、操作ミスによる情報漏洩《ろうえい》のリスクが高まりますからね」

庄山先輩が顔を上げる。光の加減か、やつれて見えた。

「もう一つは、絶対に自分が黒幕だとバレないようにするためです」

自分の中で、情報を整理しながら話す。

「貴方の命令通りにアカウントを作成すると、カンニングに関与した生徒たちだけで構成された、奇妙なコミュニティがＳＮＳ上に出現します」

無感情を心掛ける。

「これを見た時、カンニングに関与した生徒らは、安心感を覚えたことでしょう。自分と同じような人間が、こんなにもいると」

何故《なぜ》か、庄山先輩に目の焦点を合わせることが出来なかった。

「つまり、カンニングに関与した生徒らにとって、相互フォローしている相手は同類。同じ穴の狢《むじな》なんです。自然と警戒心は緩くなる」

僕も携帯電話を取り出し、悪用されたＳＮＳアプリを起動。

「その心理を利用するため、貴方は秘密裏に裏アカウントを作成した後【これが庄山倫太《りんた》郎《ろう》の裏アカウントだ】という噂《うわさ》をあえて流した。つまり、カンニングに関与している連中が『庄山倫太郎も、カンニングに加担した仲間なのだ』と思い込むように仕向けた」

庄山先輩に、携帯電話の画面を向けた。

「これ、貴方の裏アカウントですよね？」

以前、【相談】に訪れた奥井《おくい》という女生徒が『庄山先輩の裏アカウントだ』と教えてくれた、ＳＮＳアカウントが表示されている。非公開設定になっているため、投稿内容は確認できない。

一旦、深呼吸。気を引き締め直す。

「――逆説的に、貴方《あなた》もまた、カンニングに関与した生徒たちを疑わない。心の底から見下しているから。まさか自分が嵌《は》められるだなんて夢にも思わない」

庄山《しょうやま》先輩が、図星だと言っているも同然の渋面を浮かべた。

「もう、何となく分かっていますよね？　僕のフェイクニュースに関する情報を投稿、拡散しているのは、これらの非公開アカウントと、僕が運用する数十の架空アカウントだけです」

つまり、拡散しているように見えて、内輪の中で同じ誤情報が巡っているだけ。

「要するに、これは、僕を失脚させたくて仕方ない、カンニングの黒幕だけが本当だと信じ込んでいるデマなんです。自分が騙《だま》してきた連中に、貴方は騙されたんです」

いわば、黒幕を陥れるための罠《わな》。入ったことさえ気づけないほど、巨大な網。

静かに結論を呟《つぶや》く。

「今ここで、僕のスキャンダルを掴《つか》もうとしていることこそ、貴方がカンニングの首謀者だという証拠なんですよ」

庄山先輩は、何も言わない。ただ、無表情で絶望していた。

「どうして、こんなことを？」

僕は問いを重ねる。

「選挙演説の時、僕のこと、褒《ほ》めてくれましたよね？　あの時、僕、本当に嬉《うれ》しかったたんです。お世辞にも、評価が高い生徒会長ではなかったので」

気を抜けば感情があふれ出てしまいそうだ。上手《うま》く言葉が出てこない。

静寂に耐《た》えかねたのか、尾田《おだ》が言った。

「はっきり言います。カンニングに関与してる生徒の炙《あぶ》り出しと、一通りの情報収集が終わった時点で、あたしは貴方が黒幕だと思いました。素性が割れなかったのは、貴方が運用しているとされる裏アカウントだけだったからです」

庄山先輩は唇を噛《か》む。

「けど、レン君は同意しませんでした。最後の最後まで、庄山先輩を信じました。その信頼を、貴方は裏切ったんです」

彼を悪と決めつけるような論調。堪《たま》らず手で制した。

庄山先輩が追い詰められたのは、選挙で僕に負けたからだ。つまり、僕の責任だ。だからこそ、今回は、庄山先輩を蹴落とす側ではなく、守る側に立ちたい。本気でそう思った。

……裏切られたと感じるのは筋違いだ。僕が勝手に期待しただけ。

呼吸を整えて、尋ねる。

「周りに振り回されず、自分の尺度で他者を評価できる人だと、本当に尊敬できる人だと思っていました。……なのに、どうして」

「――勘違いすんな。あんなの、耳触りの良い言葉を並べただけだ」

目の粗いやすりを彷彿《ほうふつ》とさせる、ざらざらの乾いた声。動揺のあまり、反応が遅れてしまった。

「……庄山《しょうやま》先輩？」

呼びかけには応えない。彼は天井に向けて言葉を吐いた。

「ボクさぁ、物心ついた時からずぅっと、親父《おやじ》に抑圧されてきたんだよ。昔から、口を開けば『俺は間違えない。逆らうな。言う通りにしろ』ってほざくような親父でさ」

自嘲的な笑いが、暗中に虚《むな》しく響く。

「歯向かおうとすれば、あいつは生活費や親権を盾にする。実の息子に対してだぜ？　頭おかしいだろ？」

問いかけられても、何と答えればいいのか分からなかった。

「勿論《もちろん》、家の外では模範的な父親を演じる。そういう所は、あいつから学んだのかもしれねぇな」

無意識的に、普段の庄山先輩の姿を思い出してしまう。

「親父の指定した大学に行って、親父の会社に入って、親父の後釜に据わる。そうやって、死ぬまで、親父の敷いたレールの上を歩き続ける。それがボクの人生。そう思ってた」

瞬間、庄山先輩の目が鈍く光った。

「だが、チャンスが訪れた。時代の変化についていけず、親父の会社が傾き始めたんだ。そして、追い詰められたあいつが言ったんだよ。『明蹟《めいせき》学園の生徒会長になって、うちの会社にまとまった仕事と金を流せ』ってさ」

常軌を逸した発想。それを、庄山先輩は嬉々《きき》として語る。

「分かるか⁉　初めて、ボクが親父より優位に立ったんだ！　だからボクは交渉して『親父の会社に金を上手《うま》く流すことが出来たら、二度とボクに余計な干渉をしない』と約束させた。つまり、生徒会長にさえなれればボクの人生は拓《ひら》くはずだった。自由が、手に入るはずだった」

一転、瞳から光が消えて、醜く濁った。

「なのに、お前に邪魔された！　お前さえいなければ！　何でだ⁉　クソがっ！　ボクが何を間違えた⁉　全て上手くやってきたのに！　おかしい！　何で⁉　理解できない！　ありえない！　ボクが悪いと⁉　いやいやいやいや！　はぁ⁉　嘘《うそ》だ！　そんなわけない！　ボクは悪くない！　それは確実！　言い切れる！　絶対！」

あまりの豹変《ひょうへん》ぶりに、全身が粟立《あわだ》つ。

「……少なくとも、僕が在学している間、貴方《あなた》の願いは叶いません」

ぎょろんと、血走った両眼《りょうめ》で睨《ね》めつけてくる庄山《しょうやま》先輩。

それでも、言い切った。それが礼儀だと思った。

「こんな方法で人の上に立とうとする人間に、この学校は任せられません」

ぎぎ、と彼は歯ぎしりする。本能に訴えるタイプの不協和音。

「ふ、ふざけんな！　そんなことになったら、ボクの人生は終わりだ！」

「そんなことはありません。また一からやり直せば」

「なんでだよ！　何でボクが悪いみたいになってんだよ！　ぼ、ボクは何もしてないのに！　おかしいだろ！　ぜ、絶対におかしい！」

「庄山先輩、落ち着いてください」

「そ、そうか！　分かった！　じ、自分の地位を守りたいから、ボクを追い出そうとしてるんだな！　このクズが！　ふざけんな！　さ、最低最悪の人間め！」

「……」

言葉が出ない。これが、あの庄山先輩か？

友人知人は勿論《もちろん》、親の前でさえ抑えつけてきたものが、爆発してしまったのだろうか。

幽霊騒ぎの時、友禅《ゆうぜん》が一人で家庭科室を出入りしていたことを思い出し、寒気が走った。

本当に、遭遇しなくてよかった。

彼は震える両手で戸棚をあさり、何かを取り出した。

——包丁だ。家庭科部の備品。

「許さねぇ！　ぶ、ぶっ殺してやる！」

絶句してしまった僕に代わり、尾田《おだ》が叫ぶ。

「この部屋に入ってからずっと、貴方《あなた》の様子を小型カメラで録画しています！　貴方が、レン君のスキャンダルを撮影するために設置したカメラにも映っていますよ！　本当に、人生が終わりますよ!?　落ち着いてください！」

「う、う、うるせぇ！　お前らが悪いんだ！　全部、お前らのせいだぁぁぁぁ！」

顔をぐしゃぐしゃにした庄山先輩が突進してきた。尾田の方へ猛スピードで突き進む。

反射的に彼女を突き飛ばし、庄山先輩の正面に立つ。彼は目と鼻の先まで迫っており、僕の顔に刃先を突き立てようとした。

咄嗟《とっさ》に回避できたのは、僕が俊敏だから、じゃない。緊張と興奮のせいか、庄山先輩の全身は小刻みに震えており、動作の精度も低いのだ。

方向転換に足が追い付かず、転倒する庄山先輩。痛みに悶《もだ》え苦しむ。

ふらつきながら立ち上がった彼に、僕は全速力で接近。右手首を掴《つか》んだ。掌中の包丁が鈍く光った。

こういう状況において、最適な行動なのかは分からない。しかし、素人の僕が、包丁を無視することは不可能だった。

僕を振り払おうと、庄山《しょうやま》先輩が暴れ出したタイミングで、強い後悔の念が押し寄せる。

単純な力比べでは、アスリートの庄山先輩には勝てない。

はずなのだが、【この手を放せば死ぬ】と思えば、不思議と抗《あらが》うことが出来た。火事場の馬鹿力なるものを実感する日が来るとは思わなかった。

「っは、放せぇっっ！」

左の拳で、庄山先輩が僕の右頬《みぎほお》を繰り返し殴りつける。

火事場の馬鹿力が発揮されているのは、彼も同様だ。何度も右頬に走る、猛烈な激痛。痛みのピークこそ一瞬だが、止《や》むことはなく、骨の中で蠢動《しゅんどう》し続ける。顔と首の筋肉が、一瞬で強張《こわば》ったせいか、皮膚が異常に熱く感じた。包丁を使わせないだけで精一杯だ。

庄山先輩が、全力で僕の下腹部を蹴り飛ばした。数メートル後退し、壁に激突。包丁を持つ手が解放されてしまった。

間を置かず、彼は再び刃先をこちらへ向けて、全速力で突っ込んで来る。

そして——、凶刃は届かなかった。横合いから飛んできた短刀のレプリカが、庄山先輩の手首に直撃したのだ。生徒会室で保管している、演劇部の備品だ。

「がぁあっ！」

苦悶《くもん》の声を上げ、包丁を取り落とす庄山先輩。わめく彼の腕を掴《つか》み、肩関節を極《き》めて拘束。

「……何があったのか、説明して」

凛《りん》とした声。首だけ動かして、出所を見やる。

剣呑《けんのん》な面持ちで右肩を回す、友禅《ゆうぜん》りりが立っていた。


庄山先輩は、教員らによって、近隣の警察署へ連行された。もう二度と、顔を合わせることはないだろう。

カンニングに関与した生徒たちは、既に処分を受けている。停学以上の罰は課されていないため、今後どうなるかは、各々の努力次第。

しかし、まだ万事解決とは言い難《がた》い。

生徒会室にて。僕と尾田《おだ》は正座させられている。床に敷かれた、茶道部が廃棄した薄い座布団の上で、身を縮こまらせている。

苦々しい面持ちを浮かべて、頻繁に足を組み直す尾田。どうやら正座が苦手な模様。

腕組みして佇《たたず》む友禅に尋ねた。

「なぜ、友禅さんと先生方があそこに？」

いや、【友禅さんが先生方を引き連れて現れた】と言った方が正確か。

「ＳＮＳのＤＭで、見知らぬアカウントが【八神錬理《やがみれんり》がスキャンダルを抱えている】という文面を送り付けてきたのよ。ご丁寧に、画像と位置情報まで添えて。そんなデマを聞いて、黙っていられる筈《はず》ないでしょう」

「……なるほど」

デマだと決めつけるのは危険だぞ。僕みたいな人間を、過度に信用するなかれ。

小さく頷《うなず》く僕の顔を、のぞき込む友禅《ゆうぜん》。

「……ひょっとして、貴方《あなた》が送ったの？」

「まさか」

あんな危険地帯に、僕が彼女を呼び込むなど、絶対ありえない。

おそらく、尾田《おだ》だろう。家庭科室に入る前、携帯電話を弄《いじ》っていたからな。何がログインボーナスだ。大嘘《おおうそ》じゃないか。

……僕が庄山《しょうやま》先輩に情けをかけようとした場合の対策として、友禅や教員を集めた。

流石《さすが》に考えすぎだろうか。

要らぬ心配だ。何があろうと、僕は感情的な減刑をしない。ルールに従い、裁きを下す。

この期に及んで無表情を貫く僕に呆《あき》れたのか、友禅は深い溜《た》め息《いき》を吐《つ》いた。

「今回の件で、よく分かったわ。貴方たちは、私がそういう狡猾《こうかつ》な真似《まね》をしかねない女だと思っているのね」

「……誤解されたくないので、正直に言います。友禅さんに話すべきではないと強く主張したのは、尾田さんです」

「そうなの？」

友禅の問いに、彼女は慌てて声を上げた。

「あ、あたし、悪くないもん！　妥当な判断をしただけだもん！」

「絵に描いたような自己正当化ですね」

「元々、正当なの！」

僕に対しては、強硬な姿勢を崩そうとしない尾田。友禅は小さく嘆息《たんそく》した。

「もうしばらく、正座していなさい」

尾田が頬《ほお》を膨らませる。

「次、友ちゃんが何かしたら、同じことさせるからね！」

「やれるものならやってみなさい」

「んがぁぁぁぁっ！」

尾田は悔しげに頭を掻《か》きむしり、友禅に向けて言った。

「……仮にあたしの方が正しかったとしても、レン君があたしの言うこと、聞くと思う？」

「思わないわ」

即答する友禅。尾田はにたりと笑んだ。

「つまり、最後まで友ちゃんに真実を隠した理由があるの！」

「……続けなさい」

友禅《ゆうぜん》がそう言ったせいで、止める機会を逸した。二人のやり取りを、ただ眺めることしか出来ない。

「今回の黒幕が生徒会長っていう肩書に拘《こだわ》ってることは、かなり早い段階で分かってたんだよ」

「ふむ」

「だからこそ、生徒会長経験のある友ちゃんも、攻撃対象になりかねない」

「……なるほど」

「つまり、友ちゃんを危険から遠ざけるために、レン君は今回の件を隠してたんだよ！」

「……二人とも。正座、崩していいわよ」

「よっしゃー！」

こいつ、自分が正座から逃れるために、僕の秘密をバラしやがった。

所在なげに顔を伏せていると、友禅が唇を尖《とが》らせた。

「そのせいで、貴方《あなた》が危険に巻き込まれては、本末転倒じゃない」

「あんなことになるとは予想していなかったんですよ」

「言い訳無用」

「……すんまそん」

間髪入れず、額にチョップが飛んできた。

事後。応急処置のため、僕は保健室を訪れた。勿論《もちろん》、夜なので保険教諭の遠藤《えんどう》先生は見当たらない。保健室特有の形容しがたい温かみは完全に失われている。むしろ、他の場所よりも寒く感じた。

携帯電話のインカメラを使って、顔の有様を確認。切れてはいないものの、頬骨《ほおぼね》のあたりに青痣《あおあざ》が出来ている。骨は折れていないと思われるが、右頬が腫れることは避けられそうにない。生徒指導部長には目を瞑《つぶ》って貰《もら》ったが、クラス担任の先生に聞かれた時は、何と言い訳すべきか。

考えようにも、痛みが邪魔して思考がまとまらない。困った。

無言で痛みに耐《た》えていると、扉の開く音が聞こえた。インカメラを利用し、振り向かずして正体をチェック。

現れたのは、友禅だった。彼女は眉尻を下げて聞いてくる。

「大丈夫?」

「問題ありません」

可能な限り素早く返した。必要以上に気を遣わせるのは本意じゃない。

友禅《ゆうぜん》が僕の隣席に腰かける。

「生徒会長経験のある私が攻撃対象になるのであれば、現会長の自分も攻撃対象になる。小学生でも分かるわよ」

「……はい。だから、攻撃対象を最低限に留《とど》めるため、他言しませんでした」

万が一、彼女が刃先を向けられて、怪我《けが》してしまったら。想像するだけで鳥肌が立った。本音を言えば、尾田《おだ》を連れて行くのも避けたかったが、そもそもカンニングに気付いたのは彼女なので、強く止めることが出来なかった。

数秒の沈黙を挟み、友禅は言う。

「私は、貴方《あなた》と対等になりたいの。守られるだけの重荷にはなりたくない。貴方が安心して寄りかかることの出来る存在になりたい。そうなった時、初めて……心の底から、信頼してもらえると思うから」

重荷だなんて、思ったことはない。僕が返す前に、友禅は付け加えた。

「……こういうのも、煩わしい？」

瞬間的にフラッシュバックする苦々しい記憶。

「あれは誤解です。友禅さんのことを煩わしいなどと思ったことは、一度もありません」

「私も一緒よ。貴方を煩わしいと思ったことなんてないわ」

だから、変に気を揉《も》むなと、彼女は言いたいのだろう。

……怖い。また、自覚なく友禅を傷つけてしまうかもしれない。それだけは嫌だ。

「だとしても、必要性がない限り、危険な場所へ友禅さんを連れて行くことはしません。これまでも、これからも」

彼女は不満を露《あら》わにする。

「逆の立場になって考えて。私が、今の貴方と同じ台詞《せりふ》を言ったら、どうする？　全力で抗《あらが》うでしょう？」

「……」

返答が思いつかない。

頬《ほお》を膨らませた友禅が、僕の右頬を軽く撫《な》でた。痺《しび》れに似た刺激を感じる。

「一人で無茶《むちゃ》しすぎよ」

僕の頬に手を添えたまま、友禅が呟《つぶや》く。

「痛いの痛いの、飛んでいけ」

「……」

反射的に彼女の顔を見やる。友禅は赤くなった顔で不服そうに言い捨てた。

「な、何よ。人が心配しているのに」

「すみません、驚いただけです。ありがとうございます。お陰で痛みが引きました」

「……こんなもの、効く訳ないでしょう。子供扱いしないで」

いきなり梯子《はしご》を外されてしまった。先日、脳漿《のうしょう》が飛び散りそうなほどの頭痛を『撫《な》でれば治る』と主張した人間の発言とは思えない。

反論しようかと思ったが、彼女の口元が緩んでいることに気づき、対抗心は失《う》せた。

「……僕はまだ、他者への正しい頼り方が分かりません。だから、このままだと、今回と同じ失敗を繰り返してしまうでしょう」

無言で眉根を寄せる友禅《ゆうぜん》。僕は続けた。

「だから、まずは友禅さんが、僕を頼ってください。それによって、僕に【他者への頼り方】を教えてください。お願いします」

心からの懇願に、彼女は口を尖《とが》らせる。

「……上手《うま》く逃げたわね」

「ありがとうございます」

「褒《ほ》めてないわよ」

薄紅の仏頂面で言い捨てた彼女は、僕の肩に頭を乗せた。

「……これで満足かしら?」

「……これ、好きなんですか?」

質問を受けた友禅は、ぺしんと僕の頬《ほお》を軽くはたいた。

エピローグ　論理至上主義者の後悔もとい羅針盤

「どうしたの？　気分が悪いの？」

　帰りしな。友禅が不安げに聞いてきた。

「……庄山《しょうやま》先輩が、ああいう風になってしまったのは、生徒会長になれなかったからです。つまり、僕が彼を追い落としたも同然なんです。……少なくとも、上機嫌ではいられませんよ」

　ルールがあるからといって、感情を殺すのが上手くなるわけじゃない。むしろ、人一倍、下手くそだ。だから、僕にはルールが必要なのだ。

　自嘲的な呟《つぶや》きに、友禅が眉を顰《ひそ》める。

「貴方《あなた》は、どうして何でも自分のせいにしようとするの？　マゾなの？」

　違う。と信じたい。

「全てが自分の責任なんて、思い上がりも甚だしいわ。彼の失敗は彼の責任。それだけよ」

　つまり、僕の失敗は僕の責任。間接的に、そう言われた気がした。

「……これは、僕の話なのですが」

　肩の力が抜けたお陰で、淀《よど》みなく尋ねることが出来た。友禅は聞き返す。

「友人ではなく？」

「友人ではありません」

自ら退路を断ち、告白した。

「僕はかつて、善意によって、自覚なく、大切な人を傷つけたことがあります」

友禅《ゆうぜん》は、口を真一文字に結んでいる。

「そんな僕を、貴方《あなた》は軽蔑しますか？」

軽蔑していたとしても、面と向かって言うはずがない。普通はそうかもしれない。しかし、こういう時、彼女は僕と違って正直に答えてくれる。何となく、そんな気がした。

「する訳ないでしょう」

想像とは裏腹に、彼女はさらりと言ってのけた。

「私が嫌いなのは、そういう部分に意識が向かない人間よ。貴方みたく、些細《ささい》なことを気にして、悩んで、少しずつ前へと進む人は好……、す、素敵だと思うわ」

今のが本音か建前か、確かめる術《すべ》はない。

だから、信じることにした。信じる者は救われるらしいからな。

「……ご回答、ありがとうございます」

頭を下げた僕に、友禅は諭すように言う。

「前に、笹木《ささき》君が言っていたでしょう？　間違えない人間なんていない。善行も同じだと」

「……友禅さんは、何かを間違えたこと、ありますか？」

問いに、彼女は微苦笑を浮かべた。

「ごくまれに、好きになる人を間違えたかもしれないと、思うことはあるわね」

であれば、ぜひ乗り換えを検討してほしい。

己《おの》が度量の狭さを恥じていると、今度は友禅が口を開く。

「……これは、私の話なのだけれど」

「はいはい」

「好きな人がいるの」

「ほう」

「その男子は、私が教科書やノートを忘れたと言えば、頼んでもいないのに『良ければ、自分の物を一緒に使いますか？』と尋ねてくるの」

「へぇ、そうなんですね」

「これは、その男子が私に好意を抱いている証拠そのものよね？」

「違います」

笑顔での即答に、眉根を寄せる友禅。

「……どうして、そう思うの？」

「よほど嫌いな相手でない限り、大抵の人間は、隣の席の人が教科書やノートを忘れたら、そういう提案をします。全く特別な行動ではありません」

分かりやすい説明を心がけたつもりだったが、友禅《ゆうぜん》は憮然《ぶぜん》とした面持ちを浮かべている。

「そ、それだけじゃないわ。私が授業中に、彼の方へ視線を向けると、頻繁に目が合うそうよ。これは、彼が私に見惚《みと》れているからに他ならないわ」

「貴方《あなた》が彼を凝視しているから、怪訝《けげん》に思って見返しているだけです」

「一緒に帰ろうと誘った時、ほぼ一〇〇%の確率で了承するそうよ。私と一緒に行動することを、最重要事項と捉えていなければ、こんな真似《まね》できないでしょう」

「彼に友達がいないだけです。友禅さんを優先している訳ではありません」

「その男子は、必ず土日の予定を空けているそうよ。突発的なデートイベントに備えているとしか考えられないわ」

「彼に友達がいないだけです。友禅さんのために予定を空けている訳ではありません」

「落とし物をした際、一緒に探してくれたらしいわよ。私に恩を売り、懐へ入り込もうという打算が明け透けでしょう?」

「気まぐれです。好きな相手じゃなかったとしても、時間があれば、落とし物を一緒に探してあげることはあります」

とうとう友禅が黙り込んだ。疑念は全て解消された模様。

「最終的な結論ですが、相手は貴方のことを何とも思っていないので、通報される前に諦めた方が良いと思います」

間髪入れず、仏頂面の友禅が、僕の脚を軽く蹴った。サッカー選手を彷彿《ほうふつ》とさせる、テクニカルなキックだった。

妙に思い、尋ねる。

「どうして怒るんですか？」

「馬鹿にされたからよ」

「馬鹿にした訳ではありません。提示された情報から、貴方が好意を寄せる男子の人物像を推測しただけです。簡易的なプロファイリングですよ」

「嘘《うそ》を言わないで。言葉の端々から、悪意が滲《にじ》み出《で》ていたわ」

「それはりりちゃんの主観ですよね？　そう判断するに至った根拠はあるんですか？」

問うと、片眉を上げる友禅。

「り、り、りりちゃん？」

「失礼。言い間違えました」

丁重な謝罪に、何故《なぜ》か友禅は頬《ほお》を染める。

「――本当に、言い間違えたの？」

「……」

言い間違いではない。

そう答えたら、どうなるのだろう。気にならないと言えば、嘘《うそ》になる。

「……はい。言い間違いです」

答えるや否や、友禅《ゆうぜん》が、再び僕の脚を軽く蹴った。

……胸中に、形容しがたい苦みが渦巻く。

――これこそ、感情に流されず、賢明な行動を取ることに成功した証《あかし》だ。

これでいい。この苦しみこそが、僕を正しい道へ導く羅針盤なのだ。

……断じて強がりではない。紛《まぎ》れもない本心である。

あとがき

本書を手に取っていただき、誠にありがとうございます。初めまして。あるいは、お久し振りです。森林梢《もりばやしこずえ》です。

本作は【アンチ感情主義者の主人公が、ヒロインからの遠回しな愛情表現に気付かず、自身への好意さえも論破してしまう話】です。

【他者を論破したい。持論を認めさせたい】という感情は本能的なものであり、主人公の八神《やがみ》も、ある意味では本能の奴隷なのですが、きっと彼は認めないでしょう。

それどころか、僕の意見も論破してしまうかもしれません。度し難《がた》い男です。

そんな拗《こじ》らせ男子の八神に、好意を寄せているのが、ヒロインの友禅《ゆうぜん》りりです。

彼女は、どうにかして自らの思いを八神に伝えようとしますが、なかなか上手《うま》くいかず、日々悶々《もんもん》としています。

そんな二人のすれ違いや、八神の鋭い舌鋒《ぜっぽう》、友禅が論破されて『ぐぬぬ……！』となっている可愛《かわい》い姿を、堪能していただければ幸いです。

以下。謝辞。

イラストを担当してくださったＲｏｓｕｕｒｉ先生。素敵なイラストをありがとうございます。暇さえあれば、イラストやキャラデザを眺めてニヤニヤしています。先生のイラストに見合う作品を書き続けられるよう精進します。

担当編集のSさん。いつも的確なアドバイス、ありがとうございます。まだまだ未熟な自分が、こうして作品を完成させることが出来たのは、Sさんがいたからこそです。もっともっと努力して、作家として一人前になることで、Sさんの助力に報います。これからもよろしくお願いします。

そして、この本の出版、販売に関わってくださった全ての方々。ありがとうございました。皆さんのお陰で、自分は作家活動を続けることが出来ています。本当に感謝しています。

最後に。本作を読んでくださった読者の皆様。本当にありがとうございました。

今後も全身全霊で執筆に取り組みます。応援していただけますと幸いです。

それでは、またお会いしましょう。

森林梢でした。

ファンレター、作品のご感想を
お待ちしています

あて先

〒102-0071　東京都千代田区富士見2-13-12
株式会社KADOKAWA　MF文庫J編集部気付
「森林梢先生」係　「Rosuuri先生」係

MF文庫J

見た目に反して（僕だけに）甘えたがりの幼なじみを、僕は毎日論破しなければならない。

2022年7月25日　初版発行

著者　森林梢
発行者　青柳昌行
発行　株式会社 KADOKAWA
〒102-8177 東京都千代田区富士見2-13-3
0570-002-301（ナビダイヤル）

印刷　株式会社広済堂ネクスト
製本　株式会社広済堂ネクスト

Printed in Japan　ISBN 978-4-04-681586-6 C0193

◇◇◇